拾われ爆乳ギャルとおじさん

手を出すつもりはなかったのに誘惑されたら我慢できない！

成田ハーレム王
イラスト：みこ

ぷちぱら文庫creative

プロローグ　ふたりだけの秘密

しとしとと雨が降る中、俺——佐瀬英夫《させひでお》は、手に持った鞄を傘代わりにして自宅へと急いでいた。

秋口で気温も低く、雨が容赦なく体温を奪っていく。どうにか家に辿りついたときには、全身がびしょびしょに濡れていた。

「ただいまー」

「おかえり。今日はちょっと早かった……って、うわ、どうしたの、それ？　なんでそんなに濡れてんの？」

明るく出迎えてくれた少女——本宮《もとみや》未来《みく》は、濡れ鼠になっている俺を見て驚いている。

髪色は金。メイクもしっかりしていて、制服は着崩している。彼女のことを端的に説明するのならば、ギャルと言えばわかりやすいだろうか。とはいえ、整った顔はあどけなさが残り、髪を左右に分けてまとめているので印象は柔らかい。

「雨に降られちゃって」

「あれ？　天気予報を見て、傘を持って行ったよね？」

「途中で、ちょっと買い物をしている間に傘を盗まれたんだよ」

「うわー、他人の物を盗むなんてサイテーじゃん」

「本当に迷惑だよな」

「連絡してよ。迎えに行ったのに」

「家までそんなに遠くなかったから、大丈夫だと思ったんだけどな……」

「ぜんぜん大丈夫じゃないじゃん。ほら、タオルで拭いて。あと、着ている服は、全部そこで脱いじゃって」

「あ、うん」

ミクに言われた通りにスーツをはだけ、ネクタイを緩め、ワイシャツを脱ぎ、ズボンを下ろす。

パンツ一枚になると、手渡されたタオルで頭や体をざっと拭いていく。

「パンツも脱いじゃって。そうしないと、部屋が濡れるでしょ？」

「ここで脱がないとだめか？」

「濡れたまま部屋に入るつもり？　全部まとめて洗濯するから。それに、今さら恥ずかしがることもないでしょ？」

「あー、まあ……そうか」

そう――彼女と俺は何度もセックスをしている。今更、全裸を見られたくらいで気にしたり、騒がれたりすることもない。

素直にいうことを聞いて、俺は脱いだパンツをミクに手渡した。

「すぐにお風呂の用意を――って、水を溜めるとこからだから、ちょっと時間がかかるんだよねー」

俺の住む部屋の風呂は、少しばかり古いタイプだ。ボタン一つで準備ができるというようなものではない。

「んー、しかたない。そのままだと風邪引いちゃうよね。体を拭き終わったら、お風呂が沸くまでの間、ベッドで温まってて」

「悪いけど、そうさせてもらうよ」

布団に入ると上掛けを引き上げ、蓑虫のように包《くる》まった。

こうしていても、ミクの気配を感じて安心している自分に気づく。

ひとり暮らしの頃だったなら、たぶん面倒になって、適当に体を拭いただけで済ませていたことだろう。

そんなことを考えながら、俺は目を閉じた。

「起きた？」

「う……？　ミク？」

ほんの少し、うとうとしていたのかもしれない。

気づいたときには、なぜかミクが隣にいた。

帰ってきたときと同じように、彼女が俺の体を撫で回す。

「まだ体が冷たいままじゃん。風邪を引いたら大変だし、あたしが雨で冷えた体をあっためてあげる♪」

そう言うと彼女は、年齢には不似合いな艶っぽい笑みを浮かべ、俺の口をふさぐようにキスをしてくる。

「ん……」

彼女の温もりを感じて、思っていたよりも体が冷えていることを理解した。

「ほらぁ、唇まで冷たくなってるじゃん」

そう言って微笑《わら》うと、ミクは制服の上着をはだけ、ブラウスのボタンを外していく。

前をはだけると、形のよい大きな乳房が露《あら》わに……って、あれ?

「ええと……ミク、ブラジャーはどうしたんだ?」

「英夫が帰ってきたら、すぐにこうするつもりだったし、してないほうが喜ぶかなって♪」

脇を締め、腕を組むようにして胸を強調する。

何度も見て、触れているのに、そんなふうにされると視線は自然と彼女のおっぱいへ吸い寄せられる。

その反応に気をよくしたのか、ミクはからかうような笑みを浮かべる。

「ちなみに、パンツも脱いじゃった♪」

スカートを摘まんであげる。彼女の言う通り、その下には何も身に着けておらず、秘所が丸見えだ。

「なあ、ミク」

「あれ？　あまり嬉しそうじゃないね。下着は自分で脱がしたかった？」

「そうじゃなくて、そんな格好をして、危機感が足りないと思わないのか？」

「だいじょーぶだよ。こんな格好をするのは、英夫を誘惑するときだけだから♪」

「それはそれでどうなんだ……？」

「でも、嫌ってわけじゃないんでしょ？　だって……おちんちん、すごくおっきくなってるし」

ミクの言う通り、俺のイチモツはヘソに当たるくらい反り返り、ガチガチに張り詰めていた。

「ここはしてほしーって……、エッチなことしたいーって言ってるよ」

くすりと笑うと、ミクは自分の股間をペニスに押しつけるように腰を下ろしてくる。

「んっ、あ……体は冷たいのに、ここは熱いんだね……こうしたら、もっと熱くなるかな？」

楽しそうに目を細めながら、ゆっくりと腰を使い始めた。

肉竿に秘裂を押しつけながら前後させる。そうやって、チンポとおまんこを擦り合わせているると、俺だけでなくミクも興奮してきたのだろう。

滲んできた愛液が、ぬちぬちと粘つくような音を立て始めた。

「んっ、んっ、ぁ、ふ……はぁ、はぁ……ん、ぁっ、ふ……」

吐息が甘くなり、どんどん動きが大胆に、激しくなってくる。

興奮からか、すっかり充血して、ふっくらとしてきた陰唇を強く擦りつけてくる。

「う、ミク……！」

俺は彼女の太ももに手を添える。

「はあ、はぁ……英夫、もうしたくなった？」

ミクの問いかけに俺は頷き、体を起こそうとしたが——再びベッドに押し倒された。

「ミク……？」

「だーめ♪　あたしがしてあげるから……英夫は、何もしなくていいんだよ」

そう言いながら、俺の足元近くまでずり下がる。

何をするつもりなんだ……？

戸惑っている俺の両足首を掴むと、ミクはぐっと持ち上げてきた。

足をガニ股に開いて、腰を軽く上げている……赤ん坊がおしめを替えてもらうような格好だ。

「ミ、ミク……!?　これは、さすがに恥ずかしいんだけど……」

「本当にそう思ってる？　おちんちんはガチ勃起してるし、カウパーでぬるぬるにしてるのに？」

からかうように言いながら、足を持ち上げたままの状態でミクは再び跨《また》がってくる。

「こ、このまますするのか？」

「うん♪」

いい笑顔で頷くと、ミクは片方の手で肉棒を握り、その上に腰を下ろしてくる。

「あ、んっ♥　入ってくる……♥　あ、んっ……」

情けなく足を広げた格好で、ミクを見上げている状態だ。

ミクの秘唇を押し広げながら膣内へとチンポが埋まっていくのが、はっきりと見える。

「ん、ん、ふっ♥　あ、はぁあ……♥　なんか、いつもと感じが違うね……あっ♥　あ、んう……♥」

騎乗位とも違う感覚。逆正常位とでも言えばいいのか？　初めての体位だからか、たしかに擦れる場所や動くときの感触が違う。

「んっ、ふぅっ、あっ♥　んっ、はぁ……」

体を弾ませるようにして、ミクが腰を使う。

ちゅぷちゅぷちゅぷっ！　亀頭からカリ首まで。浅い出し入れをくり返す。

「んっ、ふっ♥　あ、はっ、これって……あたしが、英夫のこと、犯してるみたいだね……あ、んっ♥　んっ♥」

自分が責める側になっているのが楽しいのか、ミクは笑みを浮かべてさらに動きを速めていく。

量を増した愛液が潤滑液となって、さらにスムーズにチンポが出入りする。

パチュ、パチュっと、彼女が腰を打ちつけてくるたびに、繋がった部分から淫音が響く。

「あぁっ、ん、あふっ……♥　英夫のおちんぽ、あたしの中で……んんっ♥　ヒクヒクってしてる……♥　気持ちいいんだ？」

「ああ、気持ちいい……それに、ミクがエロく腰を振ってる姿を見てると、すごく興奮する」

「ふふっ、そうなんだ？　じゃあ、もっと興奮するように……あたしが、エロいことするの見せてあげるね」

ミクは弾むように腰を使い始める。

より強く、激しく、おまんことチンポが擦れる。だが、それ以上に俺の興奮を誘うのは、爆乳ともいえるミクのおっぱいのほうだ。

大きいのにツンと乳首が上向いている張りのある乳房が、ミクの動きに合わせ、目の前で激しく上下に揺れ踊っている。

「……たしかに、すごくエロいな」

「んっ、んっ、おっぱいのこと？　は、あっ♥　あ……んっ♥　ねえ、見てるだけでいいの？　英夫なら、あたしのおっぱい……んっ、好きにしていいんだよ？」

俺は誘われるように、豊かな双丘に手を伸ばす。

柔らかく、ずっしりとした重みを感じながら、ミクの爆乳を下から支え持つようにする。

「んっ、英夫……？」

「おっぱいが揺れて大変だろ？　こうすれば、動きやすいんじゃないか？」

しっとりとして、まるで手の平に吸いついてくるような肌の感触を楽しみながら、おっぱいを揉み、捏ねる。

「あ、や……んっ♥　ねえ、英夫の手……まだ冷たくない？」

「そうかな？　だったら、ミクのおっぱいをこうしていれば、温かくなるかな？」

乳房の大きさのわりには小さめの乳輪は、普段は薄い桃色をしているのだけれど、興奮からか、赤みを増してぷっくりと膨らんでいる。

縁《ふち》に沿って指を這わせ、くるくると円を描くように撫でる。

「それ……くすぐった……んっ、ふあっ♥」

軽く背中を反らして、胸を突き出している。無意識に、もっと強い刺激を求めているのだろう。

勃起している乳首を指で挟み、引っぱり、途中で解放するたびに、ぷるぷるとおっぱいが形を変えて揺れるのが楽しくて、いやらしい。

「ひゃっ、んやっ！　あ、んんっ♥　あたしのおっぱいで、遊ぶなぁ……♥　あっ♥　あっ♥　だめ、だってば……んんっ♥」

何度かくり返し、そうやって乳首を刺激していると、ミクの動きがだんだんと鈍くなってきた。

「はあ、はあ……んっ、ふあっ♥　これ、だめ……かも……んっ、んっ、んあっ♥」

楽しげに俺を責めていたミクの動きが、みるみる小さくなっていく。

見れば、足が小刻みに震えている。

「動けなくなったんだったら、俺がしようか？」

「ま、まだ、できるし！　これくらい平気だし！　ん、ふ……♥」

口では否定的なことを言いながらも、体を支えきれなくなったのか、ミクは腰をすとんと下ろした。

「ん、ふあぁっ⁉」

亀頭が膣奥を押し上げると、ミクがぞくぞくっと体を震わせる。

「はあ、はあ……♥　これなら、続きができそ……んっ、んっ♥　あ、あふっ♥」

亀頭が膣奥に触れるほど深く繋がったまま、円を描くように腰を回し始めた。

膣襞がチンポに絡みつき、扱きあげる。敏感な粘膜同士が擦れ合う刺激が熱となり、腰を中心に全身に広がっていく。

「ん、んーっ♥　あっ♥　は、んっ♥　グリグリって……だめぇ♥　ん、あっ♥　どうして、英夫のおちんちん……こんな、気持ちいいのぉ……あ、あっ、ああっ♥」

体を支えながら動くことができなくなったのか、ミクは俺の胸に倒れ込んでくる。

「ん……ごめん、英夫……でも、こうしてると、あったかい、よね……？」

俺の顔をのぞきこみながらそう尋ねてくる。

「……うん。ミクの体温が伝わってくるよ」

「ふふっ、じゃあ……冷たくなってた、ここにも……ん、ちゅ♪」

キスをしてきたミクが、舌先で俺の唇をちょんちょんとノックしてくる。

口を軽く開くと、待っていたとばかりにぬるりと舌が入ってくる。

「ん、ぴちゃ……ちゅ、む……んっ、んっ♥」

とろとろと流れこんでくる唾液を飲み、こちらからも舌を伸ばす。

戯れ合うように舌先同士でつつき合い、全体を押しつけたまま擦る。

「ちゅむ、ちゅぴ、ちゅ……んっ♥　はぁむ、ちゅむ、ちゅ……んっ♥　んんっ♥」

あどけなさを残した顔は、すっかり恍惚として蕩けきっている。

キスをしながら、ミクはその爆乳を押しつけてくる。

勃起した乳首が胸板と擦れると気持ちがいいのか、体を揺すっている。

そうしながらも、おまんこを意識して締めつけているようで、きゅむ、きゅむっと、チンポ全体を刺激してくる。

「く、う……！」

繋がった部分が、熱い。

「ミク、それ……気持ちいい……」

「そっか。気持ちいいんだ？　んっ、んっ……でも、これ以上は……できないかも……んっ♥　あ、ふ……♥」

締めつけることで、ミクも感じているのだろう。

彼女が締めるタイミングに合わせ、俺も小刻みに腰を使う。

ざらつく膣壁を擦り、カリが襞を擦りあげていく。

「あっ、あっ♥　い、んっ♥　これ、気持ちい……あ、あ、あふっ♥」

脱力してうまく動けなくなっているミクは、強くなっていく刺激から逃れようとしているのか、腰をよじり、くねらせる。

けれど俺はそれを許さず、ミクの腰をしっかりと抱き寄せたまま、膣奥をズンズンと何度も小突く。

「ちょ、ちょっとま……んああっ♥　奥、そんなにされると、感じちゃう……感じすぎちゃうから……んっんっ♥　んんっ♥　あ、んあっ♥」

刺激するたびに膣道がうねり、肉竿を締めつけてくる。

さっきまで寒さに震えていたはずなのに、今は全身から汗が滲むほど暑く……いや、熱くなっている。

「はあっ、はあっ、んっ、んっ……英夫……そ、そんなに、しないれ……ずんずんって、されたらぁ……あっ♥　あっ、んああっ♥」

潤んだ目を左右に揺らし、開いた口からひっきりなしに甘い声が漏れる。

「ミク、イキそうなのか？」

「んっ、うんっ、いくっ♥　あ……いきそぉ……い、いく、いく、あ、あっ♥　ああっ♥」

全身が小刻みに震わせながら、俺の胸に顔を埋めるようにしがみついてくる。

「いいよ、ミク……イッて！　俺も、イクからっ！」

痛いくらいに締めつけてくるおまんこを強引に押し広げ、擦りあげながら、チンポを出し入れする。

「ひうっ♥　あ、あ、あ、ああっ♥　あ、あーーーーっ‼」

いやいやをするように頭を振りながら、ミクが高みへ――絶頂へ向かって駆け上がっていく。

「ミク、ミク、ミクっ!!」

ミクのお尻に手を回し、指が沈むほど強く掴む。

すっかり降りてきていた子宮、その入り口を無理やり広げるような、強く深いひと突き。

「ふぁあ…………………」

気の抜けたような声を出した、次の瞬間——。

「んひうううううううううぅぅううううっ!!」

悲鳴じみた喘ぎ声と共に、ミクが絶頂を迎える。

全身が波打ち、激しく跳ね踊る。

「はっ♥　ひっ♥　あ、んあっ♥　あ、あ、ああーーーーっ!!」

立て続けに何度も達しているのか、ミクの瞳は焦点を失い、緩んだ口もとから涎がこぼれる。

「ミク……!!」

俺は彼女の膣内に——子宮を満たす勢いで射精をした。

「はあ、はあ……ちょっと、冷えた体、あっためてあげるだけのつもりだったのに……」

ミクは軽く俺を睨みつけてくる。

「えーと、少しやり過ぎたかも。ごめん」

「ま、いいけどね。もう、寒くないでしょ？」

俺の体温を確かめるように、ミクがぎゅっと抱きついてくる。

「うん、ミクのおかげだよ」

「よかった♪　あ、でも、ちゃんとお風呂には入らないとだめだよ？」

「わかってる……って、もう沸いているんじゃないか？」

セックスに夢中になっていたので、気づかなかった。

「そうだねー。あたしも一緒に入るから、洗いっこしよ？」

まだ少し気だるげだが、ミクはベッドから起き上がる。

「ほらほら、早く♪」

「ああ、わかった」

彼女とは年齢が一回りほど離れている。それだけでなく、ほんの少し前まではお互いのことを知りもしなかった。

そんな彼女と俺が、こんな関係になったのは――今日のように雨の降る夜だった。

第一章　爆乳ギャルとの出会い

俺が勤めている会社は、誰もが知っているような有名企業ではない。

だが、給料も同年代の中では悪いほうではないし、ギスギスした人間関係に悩まされるようなこともない。普段は定時にだって、帰ることができる。

——と、これだけの条件を聞けば、悪くない会社だといえるだろう。

そのことについては俺も否定しない。しないのだが……何事も良いことばかりではない。年に数回ある繁忙期だけは別だ。

早朝出勤や、終電間際までの残業のうえで、さらには休日出勤まで。

一転してブラック企業もかくやという状況になるので、辞めようかと何度か真剣に悩む程度にはキツかった。

だが、それも今日で終わった。終わったのだ！

明日から5日間、俺は代休をもらっている。土日と合わせて1週間は休める！

眠って過ごす。だらだら過ごす。怠惰に過ごす。固い決意でそう心に決めている。

それに、このところは食事もかなりいい加減だったのだ。今晩は少しくらい贅沢をしてもいいはず。気に入っている酒を買って、よく行く店で惣菜——つまみを買って帰ろう。

そう思っていたのだが、ぽつりと頬に冷たいものがあたった。

「雨か……？」

ここからだと、タクシーを使うほどの距離じゃないし、使い捨ての傘を買うのもったいない。だが、走ったところで濡れる前に帰りつくのは不可能だろう。

……しかたがない。覚悟を決めて濡れて帰るか。

とはいえ、少しでも濡れないようにと、いつもの通勤路を歩くのではなく、樹の多い公園を抜けていくことにした。

多少は遠回りだが、樹が少しは雨を防いでくれるだろうし、人目もないので濡れ鼠姿を気にすることもない。

そう思っていたのだが……。

「あー」

面倒だな。目の前の光景を見て最初に思ったのは、薄情かもしれないが、そんな気持ちだった。

「なあ、こんなとこにいるよりも、ぜってーいいって」

「しつこいって言ってんじゃん！」

チャラい感じの男のふたり組に、女の子が声をかけられている。

女の子のほうは、ぱっと見た感じは今風のギャルっぽさだったが、可愛い顔をしている。

さらにいえば、雨のせいで濡れて強調されている胸元は、ちょっと見ないレベルの大きさだった。

男達が彼女に声をかける気持ちもわからなくはないので、繁華街あたりのことならば関わりあいを避けて通り過ぎるのだが……。

「優しくしているうちに、言うこと聞いたほうがいいぞ?」

「そうそう。俺ら、優しーけど、あまり言うこと聞かないと――」

ギャルっぽい子の抵抗が激しいからか、男達がイラつき、今にも手を出しそうな雰囲気だ。

「はあ……」

しかたない。リスクはあるし、こんなのは俺らしくないのだが、放ってはおけない。

とはいえ、俺は体も鍛えていないし、格闘技をたしなんでいるわけじゃない。しかし、こういうときの対処方法はわかっている――というか、一つしかないだろう。

スマホを取りだして耳に当てると、男達のほうへ近づく。

「弥美《やみ》ヶ《が》岡《おか》公園で、女の子に暴行を加えようとしている男がふたり。はい、駅から少し入ったところです。男達の特徴は、ひとりは金髪と黒髪が混じったような色で、身長が――」

やや大きな声で、通報をしているような口調で話をする。

「お、おいっ」

「おっさん、てめぇ、何を――！」

「あ、今の声は聞こえましたか？　私にも脅しをかけて、暴力を振るおうとしているようです。すみませんが、できるだけ急いで来ていただければ――」

さすがに不味いと思ったのか、ふたりの男は逃げるように走っていった。

そこまではいいのだけれど――。

絡まれていたギャルっぽい子も、男達とは別の方向へと逃げ出そうとしている。

「あー、大丈夫だ。ただの通報した振りだから。警察沙汰みたいな面倒は、俺もごめんだからな」

そう言って、スマホの画面を見せる。

時刻だけが表示されている画面を見て、女の子はほっとしたような顔をする。

「……もしかして、助けてくれたわけ？」

「なりゆきだから、気にしなくていい。それよりも、雨も降ってるし、こんなところにいると、風邪を引くんじゃないか？」

俺がそう言うと、女の子が警戒したような目を向けてくる。

毛を逆立て、牙を剥いている子猫みたいだな……なんて思いながら、どうしてそんな目を向けてくるんだろう、と疑問に感じたところで、いま俺の言ったことが、さっきの男達と大して違いがないことに気づいた。

「……どっか行く当てはないのか？」

「あったら、こんなとこにいないでしょ」

「そうだよなぁ」

はあっと溜め息をつく。

幸い、俺は独り身で、しかも散財するような趣味はない。久しぶりの休日――連休のために、多少は金も下ろしてきた後だ。

「駅前にインターネットカフェとか、カラオケボックスがあるだろ？　それくらいの金なら出してやるから、そこに泊ったらどうだ？」

「なんで、そんなことしてくれるわけ？」

「このまま家に帰ったら、さっきのあの子、また絡まれてどこかに連れこまれていないかとか、雨に濡れて病気になってないかとか、気になるんだよ。まさか死んじゃったりしないよな？　とまで思うのは、嫌じゃないかな？」

「それは………そうかも？」

「なんで疑問形なんだよ……。まあ、そんな感じで、俺の心の平穏のために数千円くらいならいいかってわけだ」

「……知らない人の施しなんて、怖くて受けられない」

「正論だな。んじゃ、これでどうだ？」

雨に濡れてしおしおになっているが、俺は自分の名刺を彼女に差し出す。

「佐瀬英夫……？」

「そうだ。務め先も書いてあるだろ？　これで知らない人じゃなくなったわけだ」

じっと俺を見つめてくる。

整った顔は、よくできた美しい人形のようで……黙ったまま見られていると、ちょっと怖いくらいだ。

「先に言っておくけれど、そっちの名前は言わなくていいぞ？」

「……なんで？」

「俺にとっては、知らないほうがいいことだからだ。で、おっさんのお節介だと思って、金を受け取ってどこかに泊ってくれないか？」

「……泊るって、どこでもいいの？」

「ああ。あまり高くないところならな。どこか当てはあるのか？」

「ないけど、あるかな？」

「うん？　どういうことだ」

「……英夫の家に泊めてよ」

「だめだ」

ほとんど反射的に、俺はそう答えていた。

「な、なんで、だめなわけ⁉」

俺の返事を聞いて、少女は不満げな顔をする。

「俺みたいなおっさんが、お前くらいの女の子を家に連れこんでみろ。一発で人生が終わるだろ」

「あたしは、誰にも言わないけど？」

「それでもだ」

「……なんだ、気になるって言ってもその程度なんだ」

どこか挑発するような口調。

わかっている。ここは彼女にどう思われようとも、金を手渡して、どこか適当な店にでも放りこんで、二度と会わないのが一番いいのだと。

「はああ……」

頭をガシガシとかく。面倒ごとを抱え込むだけだとわかっているが、後で引きずるよりはいいか。

「……わかった。ただ、今日だけだ。狭くて汚いとこだけれど、シャワーくらいは使えるし」

「……いいの？」

「よくはない。……そう言ったら、今からでも他の所に行ってくれるのか？」

「行かない。英夫に部屋に来いって言われたから」

「来いだなんて言ってないからな？　しかたなく、休む場所を提供するだけだからな？」

「そんなに念を押さなくてもいいじゃん」

「これでも足りないくらいだ。本当に頼むぞ？　さっきも言ったけれど、俺は警察のお世話になるようなことはしたくないんだ」

「はいはい、わかりましたー」

気のない返事。俺の言うこと、わかっているのか？

彼女に声をかけたことを、俺はすでに後悔しはじめていた。


「……へえ、ここが英夫の部屋なんだ？」

部屋に上がると、彼女は興味津々の様子で見て回っている。

「狭くて汚いって言ってたけど、そうでもないね……ずいぶん散らかってはいるけど」

「仕事が忙しくて、片付ける暇がなかったんだよ」

「そんなに忙しいんだ？」

「昨日まではな。そんなことより、シャワーを浴びてきたらどうだ？」

「お風呂は？」

「古いタイプだから、沸かすのに時間がかかる。今はシャワーで我慢してくれ」

「それじゃしかたないね。わかった」

「タオルはこれだ。新品じゃなくて悪いが、ちゃんと洗濯はしているから、安心してくれ」

そう言ってタオルを手渡す。

「あと、着替えは……持ってないよな。洗ったシャツと、クリーニングに出したワイシャツくらいしかないが……」

「それでいいよ」

「それでって……え？　いいのか？」

「うん。それで平気」

「そうか。じゃあ、ゆっくりシャワーに入ってくるといい。その間に、少しは部屋を片付けておく」

「エッチな本とか？」

「なんだ、興味あるのか？」

「そうだねー。英夫がどんなのを持っているのか、見てみたいかな？」

「期待に添えなくて悪いが、そういうのはないぞ」

「へー」

「信じてないな？　後で好きなだけ家捜しさせてやるから、早く体をあっためろ。顔色、ちょっと悪いぞ？」

「……ありがとう。そうさせてもらうね」

思っていたよりも素直に言うことを聞くと、彼女はバスルームへと入っていった。

少しすると、水音が聞こえてきた。

よく考えたら、この部屋に他人が来たのって、初めてかもしれない。

ひとりになって冷静になると、すごいことをしてしまったとは思うが、一晩泊めて送り出したら二度と関わらなければいい。

そう割り切って、ゴミを集めて袋に詰め、脱ぎ散らかしていた服をまとめる。

空き缶やペットボトルは洗っておいたから、それぞれ分別して、あとはざっと掃除機をかける。

多少は見られるようになったな、というくらいに片付けたところで、カチャっとバスルームの扉が開いた。

「……ありがと」

「もういいのか？　もっとゆっくり温まってもいいんだぞ？」

「あたしはもう平気だから。英夫も入ったほうがいいんじゃない？　雨に濡れてたのは、おんなじでしょ？」

「そうだな……そうさせてもらうか。ああ、場所を空けたから、適当にくつろいでいてい い。あと、腹が減っているなら、そこのインスタント食品とか、さっき買ってきた惣菜や、冷蔵庫にあるものは好きにしていいぞ」

「……いいの？」

「何も食わないよりいいだろ。じゃあ、俺もシャワーを浴びてくる」

彼女を残し、バスルームへ向かう。

本当なら、もっと警戒をすべきなんだろう。だが彼女の表情を見て、そこまでしなくてよいだろうと、なんとなく思った。

「ふう……」

自分で思っていたよりも、雨に濡れた体は冷えていたようだ。

シャワーを終えて一息をつき、タオルで髪をガシガシと拭いながら出ると、テーブルの上にはおいしそうな料理が並んでいた。

「これは……？」

「冷蔵庫にあったのと、惣菜と、インスタントを組み合わせて、適当に作っておいたの」

「へえ、すごいじゃないか」

「これくらい、別にすごくなんてない。手抜き料理もいいとこだし」

俺が褒めると、ほんのりと頬を染めて、視線を逸らす。もしかして、照れているのかもしれない。

……可愛いとこ、あるじゃないか。いや、見た目は文句なしに可愛いけど。

「俺にとっては十分なごちそうだよ。それじゃ、温かいうちに食べようか」

用意をしてくれたのは彼女だが、自分では手をつける様子もないので提案をする。

「いいの？」

「先に食ったたって感じじゃないし、作ったのに食べないのか？」

「……うん。それじゃ、一緒に食べる」

テーブルに向かい合って座り、俺はさっそくとばかりに料理を口に運ぶ。

「美味いな！」

「これくらいで、喜びすぎ。普段、なに食べてるわけ？」

「いや、本当に美味いと思ってるぞ？　まあ、このところまともな飯を食ってなかったのは否定しないけど」

「それも、仕事が忙しかったから？」

「へえ、よく覚えてたな」

「あたしのこと、バカにしてる？」

「してないって。いきなり声をかけてきたおっさんの言うことなんて、聞き流されてると思っただけだって」

「自分で言うほど、おっさんぽくないけど」

「制服を着てたってことは、学生だろ？　お前からしたら十分におっさんだよ」

「お前じゃなくて、ミク」

「え？」

「あたしのことは、ミクって呼んで」

偽名だろうか？

そのわりには言い慣れているっぽいけれど、まあ、どっちでもいいか。

「あのな……俺に名前を教えるなって、さっきも言ったよな？」

「わからないと不便でしょ？　それに、もう言っちゃったんだし、気にしてもしかたないんでしょ？」

そんなミクの口調から、本名か、それに近い名前だということがわかった。

「ちょっと親切にしたからって信じすぎだ。俺が悪人だったたら、酷い目に遭うぞ？」

「悪人ならそんなこと言わないって。でしょ？」

どうやら口でのやり取りでは勝てそうもない。

「世の中には親切な顔して近づいてくるやつもたくさんいると、覚えておいたほうがいい」

「さっきの男達みたいに？」

「俺も含めてだ」

「はーい」

わかっているのか、わかっていないのか。返事だけはいいな。

「で、寝るところだけれど、シーツは替えておいたから、ベッドを使ってくれ」

「英夫も一緒に寝るの？」

「なんでそうなるんだよ。警察沙汰はゴメンだって言っただろ？　俺は、ここ――ソファで寝るよ」

「だったら、あたしがソファで寝るから、英夫がベッド使ってよ」

「いや、でも……」

「泊めてもらっているのはあたしなんだし、そのほうがお互いに遠慮しなくてもいいでしよ？」

「……わかった。じゃあ、そうさせてもらう」

色々あったので気を張っていたが、正直に言えば、眠気がかなり強くなってきた。

食事を終えると、ソファにシーツを敷いて、まだ使っていない毛布と掛け布団を手渡す。

「とりあえず、これで大丈夫か？」

「ありがと。十分だよ」

ミクはそう言うと、寝床をざっと整えていく。

ちらちらと太ももとかが見えるから、もう少し気にしてほしいところだが……一晩だけだ。気づかないふりをしておいたほうが面倒もないだろう。

「………お休み、英夫」

「あ、ああ、お休み」

連日の仕事の疲れもあって、ベッドに横になって電気を消すと、俺はすぐに眠りに落ちた……のだが、眠りが浅かったのかもしれない。

「う……ん？」

頬をつつかれたり、体を撫で回されたり……なんだか、くすぐったくて目が覚めた。

「あれ？　起きた？」

「……うん？」

あれ、誰だ……って、そうか、ミクの声か？

まだはっきりしない頭で答えに辿り着いてから、違和感に気づいた。

「あれ？　なんで、ミクがベッドに……？」

「なんでって、言わないとわからない？」

くすくすと笑いながら、ミクが上目遣いに俺を見る。

「わからな……って、ミ、ミクっ!?」

俺は彼女の姿を見て、慌てて顔を逸らした。

「な、なんで、シャツを着てないんだよっ⁉」

「ちゃんと着てるじゃん」

「どこが、ちゃんとなんだよっ⁉」

ミクは全裸の上に、俺の出したワイシャツをはおっただけの姿だったからだ。

寝る前まではちゃんと着てたよな？

「俺が着ていたやつが嫌なら、タオルでも巻いて隠しておいてくれ。その間にコインランドリーに行って、制服を乾かして――」

むにゅりと、胸元に押しつけられた柔らかな感触。それが何なのか、確かめるまでもなかった。

「嫌なんて思ってないよ？　だけど、すぐに脱ぐんだったら、このままのほうがいいでしょ？」

胸を押しつけ、耳元に吐息をかけながら、ミクが迫ってくる。

「なあ、ミク。離れてくれないか？」

「あたしがここまでしてるのに、そんなに嫌がらなくてもいいじゃん」

「……嫌とかじゃなくて、そういうつもりはないって言っただろ？」

「泊めてくれるお礼なんだけど……本気で嫌がってる。ねえ、どうしてここまでしてくれるの？」

「それは話しただろ。ミクのことを放っておいたら、後で嫌な思いをするからだって」

「それだけじゃないでしょ？　なんの見返りもなく、こんなことしてくれる人がいるわけないし」

「たしかにそうだな。でも、今日だけは、そういう変わり者がいたんだって思っておけ」

「英夫は、あたしに興味はないってこと？　エッチする価値もない？」

腰に腕を回し、さらに強く抱きついてくる。

先ほどはシャツ越しだった。けれども今は——完全にはだけているのか、肌や乳首の感触がはっきりとわかる。

「そ、それは……」

正直に言えば、体は反応している。

こうして話をしている間も、滑らかな太ももの感触や、大きな乳房を意識しないようにするのは至難だ。

それに、視線を逸らしたところで、鼻腔をくすぐる彼女の香りが、俺を追い詰めてくる。

同じボディソープ、シャンプーやリンスを使っているはずなのに、どうしてこうも匂いが違うんだ？

「もう、いいっ。英夫がそんな態度なら、無理やりしちゃうからっ」

ミクは起き上がると、横になっている俺の腰の上に跨《また》がった。

「いい加減にしないと――」

「英夫が抵抗するなら、大きな声を出しちゃうよ？　無理やり連れこまれて、エッチなことされそうだって。そうしたら……英夫が言っていたような、大変なことになるんじゃない？」

「あれ？　襲われているのは俺なのに…。俺がミクを襲っていることになるのか？」

「そうなるんじゃない？　だから、素直にあたしに襲われてればいいの♪」

「恩義を感じてるなら、こういうことはやめて、ソファに戻って寝てほしいんだが……」

「ごめんね。でも、英夫なら……。ううん、英夫がいいと思ったの」

「な、何がだ？」

「あたしのこと、あっためてくれそうだから」

彼女はそう言うと、半ば強引に唇を重ねてきた。

「んっ」

触れるだけのキス。淡い熱と共に顔が離れると、彼女は小さく息を吐いた。

その大胆な態度と、不慣れなキスの仕方に、違和感を覚えた。

ミクは美少女だ。好みの差はあっても、そのことに異論を挟むような男はいないだろう。

その上、ギャルだ。部屋に来たのは俺が強引に誘ったからだとしても、ベッドに潜りこんで来た上に、襲ってくるようなやつだけれど……。

「なあ、ミク。もしかして……初めてだったのか？」

驚きながらそう尋ねた俺に、ミクは顔を真っ赤にして、軽く睨みつけてくる。

「そ、そうだけど……悪い？」

「やっぱりそうか。だったらなおさら、こんなことをするんじゃない」

「処女は……面倒くさい？」

「そうじゃない。こういうことは、好きな相手としろって言ってるんだよ」

「あたしが、英夫が相手なら、いいと思ったからしてるの！　文句ある？」

「親切にされたから、そんなふうに思っているだけで——んんっ」

言葉を封じるように、唇を押しつけられた。僅かに痛みが走ったのは、歯が当たったからだろう。

「あたしの気持ちを、あたしの考えを、英夫が決めないで」

まっすぐに俺を見つめる瞳の奥に滲むのは……哀しみだろうか、諦観だろうか、よくわからない。だが、一つはっきりしていることがある。

俺が失言をしたことだ。

「たしかにそうだな。今のは俺が悪かった。すまない」

「……こんな状況で、あたしにこんなことまでされてるのに、謝るんだ」

「それとこれとは別だろ？　年下の女の子だからといって、決めつけるのはよくなかった。

だから謝る」

「あ、うん。わかってくれたならいいの。それじゃ……続き、してもいいよね？」

「それとこれも別だ。こんなことしなくても、部屋に泊めるし、服や飯くらいは手助けしてもいいぞ？」

　事情はわからないが、俺が思うよりもミクは何かを抱えているのだろう。

　声をかけた以上、ある程度は面倒を見るのは当然だ。

「泊めてくれたことには感謝しているけど、それだけであたしがこんなことをすると思う？」

　短い……どころか、まだ数時間の関係だ。

　ほとんど何も知らないが、彼女が捨て鉢になってこんなことまでするようなタイプには見えない。ミクが言った通り、自分で考え、決めた結果なのだろう。

「はあ……。なあ、ミク。本当に、いいんだな？」

「あたしは、英夫ならいいって言ったよた……恥ずいんだから、何度も言わせないで」

　頬を薄らと染めて、視線を逸らす。

「わかった。でも、後悔するなよ」

「大丈夫、絶対に後悔したりしないから」

　彼女はふわりと柔らかな微笑を浮かべると、再び顔を寄せてくる。

「ちゅ、ん……」

唇が重なる。さすがに失敗したばかりだから、ギコチなく、慎重な感じだった。

俺は彼女のキスを受けとめながらも、舌先を伸ばしてちょんちょんと唇をつつく。

「……っ」

一瞬、ミクの体が強ばったのは……初めてならばしかたのないことだろう。

唇をなぞるように舐め、やや強引に舌を押し入れて歯列にそって舌を這わせる。

「ん、んうっ、ん……はっ、ん、う……！」

これで嫌悪感を覚えて、やっぱりやめると言うのなら、それでもいい。そんなふうに思いながら、彼女の口内を舐めていく。

……反応を見る限り、本気で初めてっぽいな。

彼女が言うことが本当ならば、ファーストキスをしたばかりだ。こんなふうにするのは未体験で、どうしていいのかわからないのも当然だろう。

少しでも緊張をほぐすように、俺は彼女の体には触れずに、キスをくり返す。

「んっ、んっ、はむ、ちゅ……んんっ、はっ、はっ……ね、ねえ……エッチなこと、しないの？」

息を継ぐように唇を離すと、ミクが訝しげな顔で尋ねてくる。

「してるだろ？」

「だって、キスばっかりで、胸とか……触ってこないし」

ワイシャツがはだけ、彼女の大きな胸が露わになっている。

拒絶されているわけでもないのに、俺がいっさい触れないことを彼女が疑問に思うのも無理はないだろう。

「……ミクは胸に触ってほしいのか？」

「そ、そういうわけじゃなくて！　男の人って、あたしの胸をいやらしい目で見たり、そんな話ばっかしてくるし……」

「ミクは可愛いし、巨乳……っていうか爆乳だからな。嫌でも男の目を惹くだろうな」

「ばくにゅう……」

自分の胸に手を当てると、ミクは小さく溜め息をついた。

「あまり気に入ってないのか？」

「おっぱいはそれなりにはあったほうがいいけど、こんな大きくないほうがよかった」

「……肩こりとか大変そうだもんな」

「ぷふっ」

俺が言うと、ミクが軽く噴き出す。

「何かおかしなこと言ったか？」

「エッチのときに、おっぱいを見て、肩こりの話って……触りたいとか、揉みたいとか、そういうのが先じゃない？」

「触りたくないと言ったら嘘になるな。でも、初めてなんだろ？　緊張してるんじゃないか？」

「そりゃするよ。でも、していいって、してほしいって言ったのはあたしなんだよ？」

自分で決めて、選ぶこと。それはミクにとって大切なことなのかもしれない。

「わかった。だったら遠慮なく、容赦なく、おっぱいを好き放題させてもらおうかな」

「え⁉　あ、あの……してもいいけど、できるだけ優しくしてほしいかなって……」

「わかってるよ。冗談だ」

ミクに笑顔を向けると、ジト目で軽く睨まれてしまった。

「英夫、そういうとこはおじさんぽい」

「悪かったよ。自分で言うならともかく、ミクくらいの子に言われるとダメージがあるから、勘弁してくれ」

体の位置を入れ変えるように移動し、ミクをベッドに寝かせると、彼女を見おろす体勢になる。

「あ、あの……？」

「このほうがいいだろ？」

もう一度、軽くキスをしてから、ミクの胸にそっと触れる。

「んっ」

小さく吐息を漏らし、目を伏せる。

「このまま、続けるな」

彼女が小さく頷くのを見て、俺はゆっくりと手を動かす。

わかっていたが、大きい。そして、思っていた以上に柔らかく、弾力がある。

乳房全体を軽く揉み、乳輪の形をなぞるように指を這わせていく。

「ん、ふ……ふふっ、くすぐったい……ん、ふ……」

「くすぐったいだけか？」

「え？　う、うん。あとは、触られてるなって感じるけど……」

「わかった。じゃあ、こうしたらどうだ？」

薄桜色の先端、乳首を指の腹で撫でる。上下に、左右に、指を小刻みに動かし、少しずつ刺激を強めていく。

「はあ……はあ……ん、ふ……はあ、あ……ん、ん……」

吐息が艶を帯び、弄っている乳首が少しずつ硬くなってきた。

「まだ気持ちよくない？」

「わかない……んっ、くすぐったいけど、それだけじゃなくて……は、んぁっ、あ……」

時間をかけて開発をすれば、もっと感じるようになるだろう。でも、今はまだ胸だけで快感を得ることは難しそうだ。

胸から腰へと手を這わせ、太ももを軽く撫でる。

「んっ、あ……」

すべらかな肌の感触を味わうように、手を行き来させて、股間――秘部へと触れる。

割れ目に指を滑らせると、指先にぬるりとした感触がある。

「あ……う……」

よほど恥ずかしいのか、ミクは顔を真っ赤にして、目を左右に揺らす。

初々しくも可愛らしい反応を見ながら、彼女の股間を優しく撫でていく。

「ん、ん……あ、あ…………ん、も、もう……触らなくて、いいから……そこ、大丈夫だから……」

本当はもう少し、じっくりと愛撫をしたほうがいいとは思うが……ミクが嫌がるのならば、しかたない。

彼女への愛撫を止める。

胸も腰も女らしく発達しているのに、簡単に折れてしまいそうなくらいに細い腰。

男ならば、誰もがむしゃぶりつきたくなるような魅力的なラインを描きだすその肢体を前にして、思わず見惚れてしまう。

「ど、どうしたの……？」

「いや、綺麗だと思ってな」

「え？　な、なに言ってんの？　英夫、そんなお世辞なんて――」

「俺がそんなことを言うタイプだと思うか？」

ミクの言葉を遮って、そう尋ねる。

「それは……あまり、得意じゃなさそうだとは思うけど……」

「そうだな。得意じゃないし、こんなときに嘘を言ったりもしない。本当に、綺麗だと思ったんだよ」

「そ、そう…………えと、ありがと」

「礼を言うのは、俺のほうだろうな」

こんなにも綺麗で魅力的な女の子に――彼女の初めての相手に選んでもらったのだから。

「なあ、ミク。しつこいけれど、これが最後の確認だ。本当にいいのか？」

「……うん、いいよ。あたしは、初めては英夫がいい」

「そっか。じゃあ……するからな」

半ば自分にも言い聞かせるようにそう告げると、俺はガチガチになっているペニスをゆっくりと挿入していく。

狭い膣口を押し広げながら、チンポが彼女のおまんこに埋まっていく。

「はっ、はっ……う、くっ、本当に……入ってくる……あたしの中に、英夫の……入ってきてる……」

息を乱し、眉根を寄せてはいるが、嫌がってはいないようだ。

愛撫で十分に濡れているとはいえ、初めてのセックス——異物を受け入れるのだ。抵抗がないわけがない。

「少しだけ、我慢してくれ」

「え？　なにを——ん、くううっ!!」

一息に、ペニスを深く突き入れると、ミクは目を見開いて呻いた。

「はあっ、はあっ、はあ、う、く……あ、は……はっ、はっ、はあ、はあ……」

ミクは目をぎゅっと閉じて、ただ激しく胸を上下させている。

彼女との結合部に目を向けると、うっすらと赤みを帯びている。

「……痛みは大丈夫か？」

「ん……ちょっと、びっくりしたけど……でも、思ってたほど、痛くないかも」

そうは言っても、やはり痛みがあるのだろう。

「少しの間、こうしてるから」

彼女を抱きしめると、ミクもすがるように俺の背中に腕を回してくる。

「なんか……こういうのって、いいかも……」

「いいって？」

「ん？　あたし……ぎゅーってされるの、好きみたい」

「そっか」

俺はミクを抱く腕に力を込める。

「ふふっ、英夫はぎゅーってするのが好きなの？」

「どうだろうな。考えたことなかったけど……ミクとこうしているのは、好きかもしれないな」

「そう？　だったら、もっと、もっとぎゅーってしていいよ？」

笑顔と共にミクが俺に抱き着いている腕に力を込める。それに応えるように、彼女の腰に腕を回して抱き上げ――。

「んんんっ」

わずかに顔をしかめると、彼女の腰がびくりと跳ねあがり、体が強ばった。

「……ごめん、痛かったか？」

「ううん、平気。ぎゅーっとされて嬉しいって思ったら、あそこがちょっとズキってしただけだから」

自分でも忘れていたというように、苦笑気味に答える。

「なんか、不思議な感じ……英夫のおちんちん、本当にあたしのここに入ってるんだね……」

「うん、ミクとひとつになってる」

「ずっとこのまま……なんて、無理だよね」

「ずっとは無理でも、このまま終わってもいいんだぞ？」

彼女とただ肌を重ね、抱き合う。それだけでも十分に満たされた気持ちになる。

「ううん、初めてだから……ちゃんと、最後までしたい。それに、男の人って、出さないと終わらないいんでしょ？」

短いながらも彼女とのやり取りでわかったが、ここで適当にお茶を濁すようなことをしても納得はしないだろう。

「……まあ、そうだな」

「だったら……いいよ。英夫の、出して？」

自分が言っていることがわかっているのだろうか？

目を潤ませ、頬を染めて、そんなことを口にする。ミクは自分の可愛らしさをもっと自覚してほしい。

「……英夫？」

「あ、ああ……うん。ありがとう、ミクの気持ちは嬉しい。でも、初めてなんだから、無理はしないでいいからな」

「大丈夫。無理だと思ったら、言うから」

あまり当てにはならなそうだが、本人がこう言っているのだ、信じるしかない。

俺にできることと言ったら……。

体を少し起こし、俺はミクの股間――クリトリスに触れた。

「ふあっ!? え? な、なに……?」

「ここを、こういうふうに弄ると……少しは痛みも薄れるんじゃないか?」

包皮の上から突起を優しく撫で、左右に転がす。

「んあっ♥ あ、あ……ん、ふぁあ……それ、なんか……変な感じ……」

強く刺激すると、おまんこがきゅっっと締まって応えてくれる。だが、それが痛みを呼び起こすようだ。

だが、ミクの表情を見る限り、痛みはかなり快感に紛れているようだ。

これなら大丈夫そうだな。そう判断して、俺はゆっくりと腰を前後させていく。

「う……ん、く……あ、うっ」

彼女のおまんこは、初めての異物を排除しようとするように、チンポを押し出そうとしてくる。

「ん、は……んっ……ふあ……あ、んんっ」

喘ぐことにさえ慣れていない様子のミクを見ながら、動きを調整する。

深く入れすぎないように、勢いよく擦りすぎないように、ゆっくりと浅いところを行き来させる。

そうやってしばらくの間、出し入れをし続けていると、ミクも少し馴染んできたようだ。

俺の動きに合わせ、腰を軽く動かし始めた。

「ん、ん、あ………うっ、んうっ、あ、は……」

時折、顔をしかめているが、それほど強い痛みはなさそうだ。

このままだと、イクまでに時間がかかりそうだ。だから悪いとは思うが、ミクにはもう少しだけがんばってもらうことになる。

「もう少し、速くするな」

「うん……いいよ。英夫のしたいこと、してね？」

初めてセックスをする女の子に、逆に気遣われている。

彼女の気持ちは嬉しい。これ以上、心配をしたり、気遣いをするのは、その想いの否定と取られてもしかたない。

……なんとなくだけれど、ミクはそういうのを嫌がりそうだ。

まずは、動きを少しだけ速める。

浅い部分をカリでひっかくように、くり返し出し入れする。

チンポがおまんこを出入りするたびに、ミクが腰を軽く捩り、切なげな吐息をこぼす。

「ん、ふぅっ……あぁ……英夫のおちんちん、あたしの中、動いて……擦れてる……んっ、

あうっ」

うねる膣襞が肉棒を締めつけてくる。

その気持ちよさを感じながら、俺はゆっくりと腰を動かしていった。

「あっ、ん、はぁっ……！　すご……こすれて、んっ……！」

ミクは声を出しながら、俺を見上げる。

自分から誘ってきたのに未経験で、気遣い過ぎることを嫌がるのに余裕がない。魅力的な女の体をしているのに、どこかそれを持て余しているような感じ。

どれもこれもちぐはぐだが、それがギャップとなって俺の興奮を誘う。

「はっ、はっ、んっ、んく……う、あっ、あ、ぁ……すご……お腹の中、動いて……あ、ぁっ、んんっ」

できるだけ負担をかけないように気をつけながら、ペニスを出し入れする。

初めてのセックスだということもあるのだろうが、ミクのおまんこは狭く、痛いくらいにキツく締めつけてくる。

刺激を受けて愛液は滲んできているが、それでも粘膜同士の摩擦――刺激が、強い。

気を抜くと、すぐにでも暴発しそうな快感に耐えながら、ストロークを長く、挿入を深くする。

まだ硬さの残るおまんこを亀頭が押し広げながらさらに奥へ。カリで襞を擦りながら抜ける直前まで腰を引き――。

出して、入れて。単調ではあるが、それでも初めてのミクには十分な刺激なのだろう。

「はあ、はっ、んうっ、あ、あ、ふ……んああっ、あぁ、んんっ……！」

熱い膣内を往復するたびに反応する彼女を見ながら、抽送する。

「はあ、はあ……く、あっ、んあっ、あ……は……ん、ん、んあっ⁉　あ、ふ……んんんっ」

時々、いいところが擦れるのか、ミクの声が甘く跳ね、可愛らしい表情が快感に緩む。

けれど、そこまでだ。

快感を引き出すところまではいかない……いや、いけない。

「んっ、んっ、英夫……気持ちいい？　あ、は……あたしのあそこ、気持ちいい？」

「ああ、すごく気持ちいいよ……だから、もう、あまり持たないかもしれない」

嘘ではない。

強烈な締めつけと、強い摩擦による快感は大きい。

だが、好意を持つ相手との慣れたセックスで得られる、心と体が一つに融け合っていくような快感にはまだ及ばない。

「んっ、あ……出る？　出るの……？　ん、んっ、いいよっ、出して……英夫の、出して……あ、ああっ、んんっ」

ミクも不慣れなりに、自ら腰を使う。

快感か他の何かによるものなのか……痛みは紛れているようで、表情は蕩けてきている。

「はあ、はあ……ミク、もう、出るっ」

このまま彼女の中に、すべてを出してしまいたい。

そんな衝動に逆らい、俺は腰を引いて——。

「う、くううっ‼」

びゅるううっ！　どぴゅっ、びゅくううっ！

勢いよく引き抜いたペニスが大きく跳ね、先端から白濁が迸る。

精液がミクの体に飛び散り、白い肌を汚していく。

「あ、あ……な、なにこれ……あ、これ、精子？」

「はあ、はあ……うん……ごめん……汚して……はあ、はあ、はあ……」

射精を終え、俺はミクの隣に倒れ込むように横たわる。

「はあ……はあ……あたし、したんだ……セックス、しちゃった……ん、はあぁ……」

第二章 爆乳ギャルとの生活

「う……」

カーテン越しの日の光に頬《ほほ》を撫でられ、目覚ましの鳴る前に起きる。

……昨日は少しばかり張り切りすぎたかもしれない。疲れが完全に抜けていないのか、頭も体も少しばかり重い感じがする。

背中に根が張ってベッドから起きられなくなる前にと、体を動かそうとして左側の重み――腕に抱きついているミクに気づいた。

彼女は気持ち良さそうな顔をして寝息を立てている。

「…………やっちまった……」

右手を額に当て、深い溜め息と共に昨日のことを思い出していた。

年下の女の子を家に連れこんで、迫られたので断り切れずにセックスをしました。

どう言いつくろったところで、俺のやったことは社会的に許されないことだ。

とはいえ、やってしまったことを後悔してもしかたない。それよりもどうするか……そんなことを考えているとミクが小さく身じろぎをしながら目を開いた。

「ん……？　あれ、わたし……」

「よ、よお、起きたか」

　やや上ずった声で彼女に声をかけると、ぼんやりとしていた瞳が、俺の顔の上で焦点を結ぶ。

「あ、そっか……英夫と……」

　今、ミクは無意識にだろうが『わたし』と呟いていた。ギャルっぽい見た目と言動をしているが、そう振る舞うようになってから、まだ時間が経っていないのかもしれない。

「ええと、おはよう。まだ寝ててもいいんだぞ？」

「ううん、起きる。おはよ……ふぁあ……」

　軽く伸びをしながら、ミクが起き上がる。

　当然のように全裸のままなので、大きな胸が露わになる。

「胸、見えてる。隠したらどうだ？」

「なんで？　エッチもしたのに、今さらじゃない？」

「夜の薄暗い中で見るのと、朝日の下で見るのは違うだろ？」

「えーと、明るいところではっきり見ると、エッチしたくなるってこと？」

「どうしてそうなるんだよっ」

「え？　だって、おちんちん、おっきくなってない？」

ミクの視線が俺の股間へと向けられる。

たしかに、掛け布団越しにも盛り上がっているのがわかる程度には勃起していた。

「こ、これは朝勃ちって言って、男は目が覚めたときにこうなるんだよっ」

「そうなの？　ちょっと見せてもらってもいい？」

「見て楽しいもんじゃないだろ」

掛け布団をめくろうとするミクの手から逃れる。

そんなふうに、昨日の延長線上のような戯れ合いをした後、着替えと洗面を済ませ、一緒に朝食を摂った。

「それで、ミク……これからどうするんだ？」

「んー、どうしよっかな……」

「帰るところは？」

「……家にはいたくないんだよね」

表情が硬くなる。どうやら、彼女にとっては触れられたくない部分なんだろう。

「だったら、友達のとこは？」

「ねえ、英夫。そんなにあたしのこと追い出したいの？」

「泊めるのは一晩だけって約束だったろ？」

「……エッチしたから、もう用済みなんだ。英夫ってば、そんな人だったんだー」

冗談めかして言っているが、不安の色が表情に滲んでいる。

普通に考えれば、今からでも警察に連れて行くべきだが、一晩泊めたことについては問題になるだろう。

「ねえ、英夫……」

おずおずとした上目遣いで、俺を見てくる。

「……問題が解決するまでの間だけだ」

俺は深いため息と共に、ミクにそう告げた。

「問題って……？」

「言いたくないだろうから聞かないけれど、家に帰りたくないか……帰れないような理由があるんだろ？　だから、それが落ちつくまでは、部屋にいていい」

「本当に、いいの？」

「よくないのなら、こんなことは言わない。ただし、泊めるからには――」

「うん、毎日、エッチの相手をするね♪」

「そんなことは言ってない！」

「ええ〜、あたしの体に不満があるっていうのー？」

拗ねたように唇を尖らせている。

「不満とかじゃなくてだな……」

「ふふっ、わかってるよ。あたしが一方的に甘えるだけだと気にしそうだから、何か手伝えってことでしょう？」

「……まあ、そんな感じだ」

俺がわかりやすいのか、ミクが鋭いのか、考えていることをあっさりと見透かされてしまった。

「そういうことで、家事を任せてもいいか？　俺はそっちはさっぱりなんだよ」

「泊めてもらうんだから、それくらいはいいけど……それだけでいいの？」

「それで十分だよ」

「本当に？」

「なんだ、妙にこだわるな」

「エッチの相手も英夫が言うなら、してあげても——んゆっ⁉」

からかうように言ってくる、ミクの鼻をぎゅっと摘まむ。

「俺が言うことじゃないが、自分のことをそんなふうに安売りするな」

そう言って、鼻から手を離す。

「はーい。わかりましたー」

昨日もそうだったが、ちゃんと理解をしているとは思えない返事だ。けれど、今は言ったところで無駄だろう。

「……となったら、まずは服をどうにかしないとな」

学校で使うような普通の鞄に、体操服を入れるようなバッグ。彼女の荷物はそれで全部だ。

「服？　英夫のを貸してもらえば大丈夫だけど」

「だめだろ。それに、その……下着とか」

「あ、もしかして……あたしに、もっとエッチな下着を着せたいとか？　英夫が選んだのなら、どんなのでもいいよ♪」

「大人用のオムツをはかせるぞ？」

「あたしは別にいいけど。英夫って、マニアックな趣味を持ってるんだね」

「……冗談だ」

「わかってるよ♪」

やはり、この手のやり取りではミクに勝てそうもない。

「これから寒くなるんだ。いつまでも俺のシャツだけってわけにはいかないし、下着の替えもある程度の枚数が必要だろ？」

俺はそう言って、財布の中に入っていた札を取り出す。

「これで、必要なものを買ってきていいぞ」

「え……？　い、いいよっ、そんなことまで――」

「こういうときは、家主の言うことを聞くもんだ」

半ば強引に、俺は手持ちのお金をミクに押しつけた。

「う、うん……ありがと」

「それじゃ、俺はもうひと眠りするから、その間に買い物に――」

「ええ～、一緒に行ってくれないの？」

「俺がミクと一緒に女性用の服を買いに行くのは不味いだろ？」

「気にしすぎじゃない？　なんか言われたら、デート中です♪　って言えばいいんだしさ」

「俺みたいなおっさんとミクじゃ釣り合わないって」

「そんなことないと思うけど……でも、嫌ならしかたないか。わかった、英夫好みのエッチな下着を選んでくるね♪」

「……ちゃんと、普段から使えるのにしておけよ？」

「ふふっ、どんなのを買うのか、楽しみにしててね♪」

楽しみにって……まあ、さすがにあまりおかしな買い物はしないと信じておくことにした。

「はあ……」

ミクを買い物に送り出した後、俺はベッドに横になる。

二度寝をしようと思っていたのだけれど、ミクの相手をしている間に目が冴えてしまった。

なんとなく、何もやる気になれずに、テレビを見たり、スマホでネットを巡ったりしながらゴロゴロと過ごす。

今まで、休日って何をして過ごしていたっけ？

ぼんやりとそんなことを考えていると、とろりとした眠気がやってくる。

「ふぁ……」

あくびをかみ殺しつつも、俺はそのまま眠りに身を任せた。

「……で……お……ひで……英夫、起きてー？」

「う、ん……？」

体を軽く揺さぶられて、目を開く。

「もう……寝るのはいいけど、ちゃんとドアに鍵をかけて、ベッドで寝たほうがいいよ？」

「あ、ああ……ごめん。ちょっと、うとうとしていただけだから」

時計を見ると、思っていたよりも長く寝ていたようだ。

「買い物は終わったのか？」

「うん、買ってきたよー。あ、これ、お釣り」

「あ、ああ」

渡した金額の半分近くの額が戻ってきた。

「ちゃんと必要な物は買ったのか？」

「見てみる？」

そう言って、ミクは購入してきた服を並べていく。

「しっかりと買ってきたのはわかったから、下着まで並べなくていいぞ？」

「でも、これって普通のデザインのだけなんだよね。エッチな下着も見に行ってみたけど、思ってたより高いし……どうせ買うなら英夫の好きなやつがいいかなって♪」

「俺にエロい下着を選ばせようとしなくていい」

ミクの買ってきた下着を視界に入れないようにして、俺はそう答える。

「下着はいいとして、私服はどうしたんだ？　一着しかないみたいだし、これだけだと不便だろ？」

「買い物に行くときくらいしか使わないし、必要なら制服もあるし」

たしかに制服は冠婚葬祭で使える、万能な服装だ。

とはいえ、普段使いをするようなものでもないし、ミクの場合は着崩しているので目のやり場に困るというのが正直なところだ。

「英夫が帰ってきたとき、制服姿の可愛い子に出迎えてもらえるのって、よくない？」

「自分で自分のこと可愛いって言うか？」

「あれ？　あたしって、可愛くない？」

ミクは小首を傾げるようにして、顔をのぞきこんでくる。

「……可愛いとは思うけど、そういうことじゃないだろ」

「褒めてくれるんだ。ありがと。嬉しい♪」

「これくらいの褒め言葉なんて、聞き慣れてるだろ？」

「言われる相手によるかな。下心いっぱいのおじさんとかに言われたら、キモって思うし」

「俺は、その『下心のあるおじさん』の枠内じゃないのか？」

「え？　英夫は英夫だよ。あたしにとっては、特別だから♪」

「そいつは光栄だな。だが、そういう目で見られるのが嫌ならば、制服で挑発するようなことをするな」

「はぁい」

俺の言葉にミクは、くすくすと笑いながら頷く。

……言うことを聞くつもりがあるんだか、わからないな。

そんな感じで、なし崩しに近い状態でミクとのふたり暮らしは始まった。

最初はどうなるかと思ったが、ミクとの共同生活は想像していたよりも悪くない――いや、良いと言うべきだろうか。

任せてと言っていただけのこともあり、ミクは家事全般が得意なようだ。

掃除も、洗濯も、料理も、そのどれもが自分でやるのとは比べ物にならないレベルだ。

それに、ミクは他人との距離感の取り方が上手いからだろう。いきなりふたりで過ごすようになったが、不満や不快を感じるようなことはなく、それどころか楽しいとさえ感じていた。

だが、そんなミクの態度に、彼女が暮らしていた状況の一端を感じずにはいられなかったけれど。

他人同士がいきなり一緒に暮らすようになって、７日目。ブラックな繁忙期と引き換えに得ることのできた連休も今日で終わりだ。

「ねえねえ、英夫。ちょっと買い物に行ってきてもいい？」

「うん？　荷物があるなら、俺も一緒に行くぞ？」

ミクに付き合って幾度か一緒に買い物をしたが、俺が考えるほどには、周りはこちらを気にしてはいなかった。

「もしかして……あたしみたいな若くて可愛い子が恋人なんだって、周りに見せつけたくなった？」

「なんでそうなるんだ……」

「違うの？　だったら、調味料を買いに行くだけだし、ひとりで大丈夫。それに、すぐに戻ってくるし」

「そうか？」

「うん。15分くらいかな？　それくらいで戻るから。その間、家にいるよね？」

ミクが気にしているのは、俺が出かけると、部屋に入れなくなるからだろう。

これ以上、彼女との関係を深めるべきじゃないとは、わかっているんだが……。

一週間近い時間を一緒に過ごせば、情も移るし、彼女の性格も多少なりとも理解できる。

ところどころ不安定なのは若さからか。だが、信頼してもいいだろう。

「ちょっと待ってろ」

「なに？　お金なら、まだ預かってるのがあるから足りてるよ？」

たしかどこかに……と、契約したときに渡された家の合鍵を取り出す。

「これ、持ってていいぞ」

「これって……家の鍵？　え……？　あたしが持っていても、いいの？」

「いらないのか？」

「い、いるっ！　ありがと♪」

嬉しそうに鍵を受け取り、そっと胸に抱く。

「明日からは俺は仕事だから、ないと不便だろ？」

「そっか……英夫のお休みって、今日までなんだ……。じゃあ、ちょっと元気のつくようなご飯にするねー」

「ああ、頼むよ」

「行ってくるねー♪」

元気に部屋を出ていくミクを見送る。

彼女は部屋に転がり込んできてから、一度も学校へは行っていない。それに、スマホも持っていないようだ。

さすがにその理由にまで踏み込むつもりはないけれど、気にならないといえば嘘になる。

「……まあ、なるようになるか」

彼女が話してもいいと思えば、いつか教えてもらえるだろう。

ミクは今、俺と入れ替わるように風呂に入っている。

彼女がそうしている間、俺はベッドでゴロゴロしながら、なんとはなしにテレビを眺めていた。

こんな生活を続けていると、太って怠惰になりそうだ。

そんなことを考えていると、バスルームの扉が開く音がした。

「おまたせー♪」

「……なんで、制服なんだ？」

風呂から部屋に戻ってきたミクは、なぜか制服姿だった。

「このほうがいいかなって思って♪」

そう言いながら、ミクがベッドに腰かける。

「このほうがいいって？」

「今日の夕飯のメニュー、どうして精のつくようなものばっかりだったか、わからない？」

「ああ……なるほど。てっきり疲れたおっさんを労《いたわ》るためのメニューだとばかり思っていたよ」

「元気が出るって意味だと、それも間違いじゃないけどねー」

ミクは両手をベッドにつき、胸元を強調するように俺の顔をのぞきこんでくる。

「……そんな格好で寝るとシワになる。ちゃんとパジャマに着替えたほうがいいんじゃないか？」

「英夫、わかっていて話を逸らそうとしてるでしょ？」

不満げに頬を膨らませ、軽く睨みつけてくる。

どうやら俺の勘違いとかではなさそうだ。

「泊めるのは家事と引き換えで十分だから、そういうことはしなくていいって言ったよな？」

「わかってるよ。わかってるから、こうしてるんじゃない」

「ミクの言っている意味がよくわからないんだが……」

「んふふ♪　それでいいよ。あたしは、英夫のそういうとこも好きだし♪」

そう言って、ミクが抱きついてくる。

「ミク、何度も言わせないでくれ。そういうことは――」

「泊めてもらっていることへのお礼じゃなければ、いいんでしょ？」

「え？」

「あたしが英夫としたいの。エッチなことしてほしいの。それでも、だめ？」

「それは……」

「いいよね？」

俺の返事を封じるように、ミクが唇を重ねてきた。

「んっ、ちゅ……んっ、ん……」

キスをしながら、ミクが俺の体を撫で、そのまま股間へと手を這わせてくる。

「う……」

布越しにカリカリと指先で亀頭を引っ掻かれ、その刺激に簡単にチンポが反応して硬くなる。

「んふっ、おっきくなったね……」

抵抗しようとすれば、簡単だ。でも俺は、ミクにされるがままだった。

「ずっと待ってたのに、英夫ってば……あれから何もしてこないんだもん」

そう言って再び唇を重ねてくると、すぐに口内へと彼女の舌が入ってきた。

「ちゅ、ちゅむ、ん、ぴちゅ、ちゅる、ん、ちゅぴ、んちゅ、ちゅむっ」

戯れ合うように舌を合わせ、擦り、つつき、絡めてくる。

「ん、ふあああ……。キスするの……気持ちいい……」

初めてのときに、じっくりと、何度もキスをした影響だろうか。ミクはどうやらキスを気に入ったようだ。

「英夫はどう？　キスするの、好き？」

「……嫌いじゃない」

「好きかどうか聞いてるのにー。でも、ま、いっか」

にやりと笑うと、ズボンを押し上げているチンポに、自分の股間を押しつけてくる。

「正直に言わないのなら、英夫のここに聞けばいいだけだし」

勃起しているチンポを刺激するように、ミクが腰を前後させ始める。

「ん、ん……は、ん……ふっ」

彼女の吐息が艶を帯び、頬が染まっていく。興奮してきているのだろう、触れている場所が熱を帯び、濡れてきているのを感じた。

「……あれ？」

違和感を覚えて、俺は首を傾げる。

「はあ、はあ……ん、どうしたの？」

「どうしたって……どうしてこんなにはっきり湿り気が……あ」

そこで気づいた。

「ミク、もしかしてとは思うが……パンツ、はいてないのか？」

「んふふっ、やっと気づいたんだ？」

いたずらっぽく笑うと、ミクは正解だというばかりにスカートを脱いでいく。

「露出癖があるのか？」

「そんなんじゃないってば！　どうせすぐに脱ぐことになるから、はかなかったの！」

前のときは着替えもなかったので、しかたのない部分もあった。だが、今回は明らかに最初からそのつもりだったのだろう。

「ブラも、着けてないのか？」

「ふふっ、正解♪」

そう言って俺の手を掴むと、自分の胸に押しつけた。

「あんっ♥」

制服の上からでも、はっきりと乳房の柔らかさを感じることができた。

「ミクって痴女なのか？」

「なんか酷いこと言ってるし⁉」

「……冗談だ」

「冗談を言ってるって感じじゃないよね？　もう……英夫って制服が大好きで、こういう格好でエッチするとすごく興奮する人じゃないの？」

「いや、そう言われてもな……」

「興奮、しないの？」

全ての男がそうだとは言わないが、若い女が好きだ。それは否定しない。できない。

「それは………しなくもない」

「だったら、いいじゃん。制服姿の女の子がエッチをしようって誘ってるんだし、しちゃお？」

「いや、そんなふうに軽く言われてもな……ミクだって、まだ二回目だろ？」

「そうだよ。まだ二回目なんだよ。家に泊める代わりに、あたしのことを性のはけ口にして、毎日、何度もエッチなことされちゃうって、期待してたのに」

「そんなことを期待していたって……ミク、お前は淫魔かなにかなのか？」

「どんどん酷くなってるし！」

「そういうこと言われるようなことをしてるんだぞ？」

「違うって……あたしは、英夫がいいって言ったでしょ？」

話をしている間もずっと腰を前後させていたせいか、ミクの秘所は熱を帯び、すっかり濡れているようだ。

「俺みたいなおっさんのどこがいいんだ？」

「んー、いっぱいあるよ？　でも、今はその話をするよりも、エッチなこと、しちゃお？」

どうやら話を逸らそうとしていることに気づいたようだ。

ミクは俺のズボンとパンツをやや強引に引き下ろすと、露わになったペニスを掴んできた。

ここまでされたら、もう抵抗は無意味だ……というか、抵抗するつもりもない。

「んっ、は……これを、ここに……」

亀頭と膣口を合わせるように尻を動かすと、ゆっくりと腰を下ろしてきた。

「んっ、う、ふあぁ…………んくっ」

おまんこを押し広げる感触に続き、亀頭が熱い粘膜に包まれたのがわかった。

「はあ、はあ、ん、ふ……はあ、はあ……ふふっ、英夫のおちんちん……また、私のここに入ってる♪」

ミクは自分の下腹部に手を添えると、嬉しそうに微笑う。

セックスは二度目だ。まだ体も性行為そのものに慣れていないはず。痛みがないわけじゃないだろう。

「……平気か？」

「ちょっとジンジンするかも。だけど、本当にちょっとだけ、だよ？」

ミクの顔をじっと見るが、嘘をついているような感じはない。

「……信じるけど、我慢できないとか痛いとか、そういうのがあったら言えよ？」

「うん、ちゃんと言う。でも……英夫とこうするの、嫌じゃないし、前より痛くないし……嬉しい、から」

ふわりと、柔らかな笑みを浮かべる。

そんな顔をされたら、俺は何も言えなくなってしまう。

「ん……このまま、動けばいいんだよね？」

「いきなりだとキツいだろ？　もう少し馴染んでからのほうがいいんじゃないか？」

「大丈夫、だよ……だって、痛いのも、全部、感じたいから……」

下ろした腰を、今度はゆっくりとあげていく。おまんこの中に入っていたペニスが、露わになっていく。

膣口が山型に盛り上がり、カリを締めつけているのがよく見える。

「ん、ふ……はあ、はあ……んっ、んっ……あ、んくっ……ん……」

完全に抜ける前に、再び腰を下ろしていく。

ゆっくりと、小刻みな動き。その上、単調で変化もない。はっきりと不慣れなことがわかる動きだ。

けれど、美少女が自らチンポに跨がって腰を振っているのだ。

いやらしく吸いついているおまんこの感触と、ミクのような美少女の淫らな姿に、興奮をかきたてられる。

「は、あ……ん、中、擦れて………ん、くっ！　んん……」

出して、入れて。少しずつ慣れてきたのか、動きがだんだんと熟れてきた。

「んっ、はぁっ、ああっ……♥」

俺の上に跨がったミクが、腰を振っていく。

熱い粘膜に包まれ、絡みついてくる襞に亀頭を擦られる。

「んぁ……ん、ふぅっ、あぁ……ねえ、英夫……あたしのおまんこ、気持ちいい？」

「ああ……気持ちいいよ」

俺がそう答えると、ミクは嬉しそうに笑う。

「ん……よかった。このまま続けるね……ん、あんっ、はっ、はっ、んあっ、んくぅっ！

あ、ふ……」

ミクが妖艶な笑みを浮かべて大きく腰を動かすと、その蜜壷に肉棒が擦りあげられる。

「はあ、はあ……ん、ふっ、はあ、はあ……あっ！　んっ、んあっ、あ、ああっ！」

ときおり、小さく顔をしかめるのは痛みからか。けれど、ミクは動きを緩めることなく、尻を振り続けている。

たぶん、俺に気持ちよくなってほしい……もっと気持ちよくしようという想いからそうしているのだろう。

冗談まじりにミクが言っていたように、性処理をするだけならばそれでもいいだろう。だが、セックスは一方だけが満足すればいいというものじゃない。それならば自慰をするだけでも十分だ。

ミクも一緒に気持ちよくなってほしい。

彼女が腰を振るたびに大きく弾む双丘に、俺は手を伸ばす。

柔らかな重みと、しっとりとした肌触りを味わいながら、ミクの乳房を揉み捏ねる。

「こんなに重いと、大変そうだな」

「ふふっ、また肩こりの話？」

前に話したときのことを思いだしたのか、ミクがクスクスと笑う。

「おっきすぎてキモいとか思わない？」

巨乳くらいならともかく、ミクの胸はまれに見るような爆乳だ。

もしかしたら、誰かにそういうようなことを言われたことがあるのかもしれない。

「他人はどうだか知らないが、俺にとってはすごく魅力的だぞ？」

手を伸ばして支え持つようにしている乳房への愛撫を強める。

指の間からこぼれていきそうなくらいに柔らかなおっぱいを、やや強めに捏ね回す。

「それ、されると………んっ、んっ、自分で、できなくなっちゃうからぁ……んあっ」

いきなりの騎乗位での疲れもあるのかもしれない。ミクの動きが緩慢になってきた。

彼女がしたいようにさせるつもりだったが、ここからは俺のしたいようにさせてもらおう。

「……後は、俺がするよ」

そう言ってミクの胸を愛撫しながら、突き上げるように腰を使う。

「んあっ⁉」

俺の上に跨がっていた彼女の体がふわっと浮きあがり、重力に引かれて降りてきた勢いのまま、チンポが膣奥を叩く。

「んあああぁッ⁉」

急激に変化した刺激にミクは軽くのけぞり、嬌声を上げる。

痛みは……大丈夫そうだな。

胸から手を離して、ミクの腰をしっかりと掴む。彼女の体を上下に揺するように動かしながら、ベッドの弾力を利用しておまんこを突き上げる。

「んっ、んっ、あ、あっ、うくっ！　あ、は……んんっ、英夫……そんなに、動いたら……あ、んんあっ」

快感を得ているのか、ミクの喘ぎ声が艶を帯びてくる。

ぱちゅっ、ぱちゅ、ぱちゅっ。肌と肌がぶつかるたびに、結合部が粘つくような淫音を奏でる。

「あっ♥　あ、ああっ♥　ん、あっ♥　あ、あ、あ……いっ、いい……気持ち、いい……あ、あっ」

ミクの顔が快感に染まり、蕩けてきた。

「そうか。どうすると気持ちいい？」

「んっ、擦れるのも、ずんずんってされるのも……気持ちいいよぉ……んんっ、んっ」

まだ、明確な好みはないようだ。

だが俺との相性がよいのか、ミクはかなり感じている。

このまま続ければ……膣内イキもできるかもしれない。

「そうか、だったら……こういうのはどうだ？」

ミクの体が軽く浮き上がるほど強く、深く、おまんこを突く。そうしながら、片手は股

間――クリトリスに触れて、刺激する。

「んんんうっ♥　あ、あ、あんっ♥　そこ、グリグリされると……あ、あっ、ゾクゾクってするの……あっ、ん、んんっ」

ミクの快感に比例するかのように、おまんこがチンポが締めつけてくる。

「気持ちいいみたいだな。このまま続けるぞ」

亀頭が膣道を押し広げ、深い場所を叩く。張り詰めたように広がっているカリが膣襞を擦りあげる。

「ふぁあっ、ああ、ああっ、な、なんか……くる……くる、きちゃう……あ、ああっ♥」

いやいやをするように頭を振りながら、ミクが戸惑った声をあげる。

たぶん……いや、きっと絶頂が近づいているのだろう。

もっとも、それは俺も同じだ。

濡れて動きがスムーズになるほどに、セックスに馴染んでくるほどに、ミクのおまんこから得られる快感は大きくなっていく。

これまで以上の激しさで腰を振りたくる。射精を耐えながら、ミクのおまんこを責める。

いいところを刺激されるのか、ミクの腰がびくびくと跳ね、震える。

「あっ、あっ♥　んっ、や……あ、英夫……あ、ああっ♥　んあっ、あっ、ああっ♥　い、いいっ、あ、あーっ♥」

吐息はますます熱を帯び、ひっきりなしに喘ぎ声がこぼれる。

「ミク……！　ごめん、もう……出そうだ、出るっ！」

「んっ、んっ♥　あ、あっ♥　んあああっ♥　い、いいよ……出してっ、英夫の、全部、出してぇっ♥」

甘くねだるミクの言葉に、俺は――。

「う、あああああっ!!」

びゅぶっ、びゅるるっ、どぴゅっ、びゅぐっ、どぴゅうっ!!

精液が噴水のように吹き上がり、彼女の膣を、子宮を満たしていく――そんなふうに感じるほど、勢いよく大量の精液が迸《ほとばし》る。

「んあっ!?　え、な、なに……んんんっ！」

戸惑ったような声をあげながら、ミクの腰が大きく跳ねる。

「あ、あ、あああああああああっ♥」

天を仰ぐようにぐっと頭を傾け、喉を震わせて甘い喘ぎ声をあげる。

「んうっ♥　あっ、あっ、んあああっ♥　あ、ふ…………あ、いま……の……あたし……」

深く息を吐くと、俺の胸の上に倒れ込んでくる。

「はっ、はっ♥　ん、あ、はあ、はあ……あたし、今……」

「イッたみたいだな」

「ん……そっか……は、ふっ……ん、これがイクってことなんだ……」

恥ずかしくなったのか、顔を伏せるようにして俺の胸に抱きついてきた。

「エッチしたから、ちょっと眠くなってきちゃった……」

「俺もだよ」

明日から会社だなんて、考えたくない。

……とはいえ、いつまでもこんなふうに過ごすわけにはいかない。

「なあ、ミク」

「ん……なあに？」

「さっきする前に、わかっているからこそする、みたいなことを言ってただろ？　あれってどういうことなんだ？」

「英夫は……あたしとエッチしたいから泊めるって、そう言ってるんじゃないってことだよー」

セックスの疲れと眠気からか、口調がやや間延びしている。

「それはずっと言ってたよな？」

悪いとは思いながらも、気になっていたので、さらに尋ねる。

「英夫ってば、最初はあたしのことを追い出すつもりだったでしょ？」

「だから名前も聞かなかっただろ？」

「うん。興味がないっていうか『うわー、面倒なことになったー』って顔してたし」

「そんなに顔に出ていたか？」

「すっごくわかりやすかったよ？」

「それは……」

「だからだよ。英夫は、本当に親切で……あたしのこと気にしてくれてるんだってわかったの」

「それは……いや、でも、おっぱいを見たりしていたぞ？」

「あたしってば、おっきいからね。男が見ちゃうのはしかたないって♪」

「そ、そうか……」

俺が思うよりも、見られているんだろうな……。

「だからね。英夫なら……ううん、英夫がいいなって思ったんだよ？」

「へ……どうしてそうなるんだ？」

ミクの言葉に俺は間の抜けた声を出してしまう。

「英夫に会う前にも、何人かに声をかけらたんだけど……」

「え？」

「あの日も最初は、人の多い辺りにいたんだよ。でも、うざいから公園に逃げたってわけ」

「あのな……人の多いところなら助けも呼べるけど、女の子がひとりで夜に公園だなんて、もっと危機感を持ったほうがいいぞ？」

「うん、助けてくれたのが英夫だったから良かった……」

「それを言われるとな……」

「ふふっ、でも、本気で心配して声をかけてきてくれたの、英夫だけだったから……だから……そんな英夫なら……ごめん、も……眠くて……ん」

瞼の重みに耐えられなくなったのか、ミクは目を閉じると、すぐに寝息を立て始めた。

寝顔は年相応の可愛らしさで、俺は彼女を胸に抱くように身を寄せて眠りについた。


「月曜日なんて、永遠に来なければいいのにな……」

「へー、英夫くらいの年になっても、嫌だって思ったりするんだ？」

玄関まで見送りに来たミクは、昨日のまま制服姿だ。とはいえ、のんびりとして焦る様子もないところをみると、学校へ行くつもりはないようだ。

「みんながみんな仕事が好きで、働きたいってわけじゃないだろ？」

「あはは、それもそうだね」

「まあ、今日は定時には終わるし、諦めて働いてくるよ」

「ん。行ってらっしゃい、がんばってねー」

ひらひらと手を振るミクに同じように手を振って応え、俺は会社へと向かった。

ミクをひとりにするのは少しばかり心配だった。

彼女が悪意を持って何かをするかもしれない……などというものではなく、いなくなってしまうのではないかという不安だった。

普段、休み明けはなかなかエンジンがかからないので、少しばかり残業をすることも少なくない。

しかし、今日はいつもと違っていた。少しでも早く帰るために仕事を手早く終わらせ、帰宅時間を迎えると同時に会社を後にした。

日が落ちるのが早くなり、空はすっかりと暗くなっている。そんな中、通い慣れた通勤路を急ぎ足で家に向かう。

「あ……」

家が見えてきたところで、自分の部屋に明かりがついているのを見て、俺は自然と安堵の息を吐いていた。

ドアに鍵を差し入れ、鍵を開ける。

「……ただいま」

「あ、おかえりー」

帰宅の挨拶をすると、明るい声が出迎えてくれる。

休日中にも何度もあったことだが、一日の終わりに言われると、ますます嬉しく感じるものだ。

「いいタイミングだね。もうすぐご飯ができるから。今日はあたしの得意な料理だから、期待しててて♪」

「へえ、それは楽しみだな……って、でも、ミクに任せっきりにして、悪いな」

「いいの、いいの。料理するの好きだし」

「そう言われてもな……」

家事というのは楽をしようとすれば、どこまでも手を抜けるが、逆にちゃんとやろうとしても際限はない。普段、自分でやっているからこそ、簡単じゃないのはわかっている。

「何か欲しいものとかないか？　あまり高いものは無理だけど、ちょっとくらいならいいぞ？」

「え？　いきなりどうしたの？」

「いや、色々とやってもらっているから、ささやかなお礼だよ」

「部屋に泊めてもらっているよ？」

「それだけじゃ足りないと思ったんだよ」

「んー、でも欲しいものって言われてもも特にないんだよね……ご褒美一つってことにしておいて。後で考えるから」

「高給取りってわけじゃないから、お手柔らかにな」

「心配しないでも、高い物なんて頼まないよー」

その言葉に嘘はなさそうだが、ミクの笑顔が気になる。

「もし、お腹が空いてないのなら、先にお風呂に入っても……って、あ、これってアレかな？」

「アレ……？」

「ご飯にする？　お風呂にする？　それとも、わたし？　ってやつ」

「本当にそんなのやっているやつは、いないんじゃないか？」

「ちょっと恥ずいけど、英夫がしてほしいなら、あたしがやってあげよっか？」

一瞬、新妻らしいエプロン姿のミクに出迎えてもらうところを想像して、悪くないかもしれない……そんなふうに思ってしまった。

「あれ？　あれあれ？　本当にする？」

「え、いや……そういうのは、しなくていいから」

「ホントにー？　英夫さえよかったら、明日、帰ってきたときにしてあげよっか？」

からかうような笑顔で言う。

出会った頃にあった不安定な感じや、何かに追い立てられているような焦燥感はずいぶんと薄れている。

本来の彼女の性格が出てきたというか、俺との生活をのんびりと楽しんでいるようだ。

「それは置いておいて。せっかく作ってもらったんだし、夕飯にしようか」


翌日から、俺が帰宅するたびに、ミクは律儀に例の問いかけをしてくるようになった。

毎回、食事か風呂を頼んでいたが、このまま続くようだと……そう遠くないうちにミクのことを選んでしまいそうだ。

そんな欲望と戦いながら数日が経過し、金曜日を迎えた。

ミクが来てからは、時間の流れが速くなったような気がする。

「会社なのに土曜日も休みなの？」

「ああ、今は暇な時期だから、ちゃんと土日は休めるんだよ」

「ふーん、そっか。じゃあ、のんびりできるね」

他愛のない会話をしながら、ミクの作ってくれた料理を味わう。

まだ一緒に暮らすようになってから半月も経っていないのに、すでに彼女がいなかった頃にどうやって過ごしていたのか、思い出せなくなっていた。

「ごちそうさま。今日も美味かったよ」

「お粗末さまでした。それじゃ、お風呂に入ってきたら？」

「いや、今日は俺が後片付けするから、ミクが先に入ってきたらどうだ？」

「それはあたしのやることだし」

「明日は休みだって言っただろ？　いつも任せっきりだから、たまには俺にも手伝わせてくれよ」

「んー、わかった。じゃあ、頼んでいい？」

「もちろん」

半ば強引にミクを風呂へと送り出すと、俺はさっそく片付けを始める。

彼女に言ったことに嘘はないが、もう一つ、目的があるので風呂は後に入りたかったのだ。

洗い物をすませ、キッチンを軽く掃除したタイミングでミクが風呂から出てきた。

「おまたせー。英夫も入ってきなよ」

「あ、ああ。それじゃ、俺も入らせてもらうな」

ミクと入れ違うように、風呂に入る。

まずはシャワーを出しっぱなしにして音をごまかすようにして、もう一つの目的——性欲を処理することにした。

仕事のある平日は、ほぼずっとミクが一緒だ。

そうなれば、オナニーをするのは難しい。たぶん、俺が求めればミクは嫌がらずに受け入れてくれるだろう。

すでに二度、手を出しているのに今更とは思うが、行くところがないと言っている彼女の弱い立場に付け込んでいるようで、言いだし難かった。

「それにしても、たった五日か……」

これじゃ、下心を持って彼女に声をかけた連中と、大して変わらないじゃないか。

まさに性処理といった感じで、味気なく、雑な感じに射精をした後、ざっと掃除をしてから風呂を出た。

「英夫、お風呂……ずいぶん長かったね？」

「そうか？　仕事の疲れのせいか、のんびりと湯船に浸かっていたからな」

「へー。そうなんだ。仕事、大変なんだね」

「……ああ、そうだな」

「でも、それって嘘でしょ？」

「え？　嘘って、何が？」

「お風呂で、してるの……見ちゃった♪」

「い、いつ見たんだっ⁉」

浴室のドアには鍵をかけておいた。とはいえ、中の様子がまったく見えないわけじゃない。

「その感じ……やっぱりエッチなことしてたんだ？」

そう聞かれて気づいた。

「……引っかけたのか？」

「うん♪」

ジト目を向けると、ミクは満面の笑みを浮かべて頷いた。

「ねえ、どうして？」

「どうしてって言われても……男は、そういうものだとしか……」

「違うってば。エッチがしたいんだったら、あたしとすればいいじゃん」

「いや、それは……」

「オナニーとセックスは別って友カレが言ってたけど、そういうやつ？」

「そういうわけでもないかな……」

「だったら、どうして？」

ミクは俺の顔をのぞきこんでくる。本当に、ただ疑問に思っているだけのようだ。

「ええと、それって卑怯っていうか、よくないだろ？」

何を言われたのかわからないというように、ミクが目を丸くしている。

「ミクがここ以外に居場所がないのなら、それに付け込んだみたいなことはしたくなかったんだよ」

「あれ？　でも、今までは……って、そっか、あたしがしたいって言ってたから？」

「ああ、うん。ミクが言うのなら……ギリギリ、受け入れてもいいかなって」

「ふーん。でもさ、英夫は重要なことを忘れてない？」

「重要なこと……？」

「英夫が自分で言ったんだよ。あたしがその気になったら、自分は社会的に死ぬって」

「あ、ああ、そういえば、言ったような……」

「でしょ？　それに、英夫はあたしがああいうことを嫌々しているように見えたの？」

「それは……見えなかったけど……内心では、ずっと我慢していたかもしれないだろ？」

「優しいとこは好きだけど、あたしをバカにしすぎ。嫌なら嫌って言うし、したくないならしたくないって言うよ？」

「そっか……」

完全に本音かどうかはわからないけど、それでも……今のミクの言葉に嘘はないと感じる。

そのことに、ほっと胸を撫で下ろした。

「でも、これだと信じられないだろうし……今から、あたしが英夫を脅迫するから、言うこと聞いてね？」

ミクはすごく楽しげに笑っている。

「今までは、あたしが英夫を襲ったり、あたしのほうがしたり、してたでしょ？　だから、今日は、あたしのことを好きにしていいよ……ううん、英夫から襲ってほしいな」

脅迫と言いながらも、それはお願いだった。

そして、ミクのような魅力的な美少女におねだり――いや、脅迫をされて、断ることなどできるはずもなかった。

とはいえ、襲うと言われても、どうすればいいのかわからない。

とりあえず、いきなり彼女のことを抱きしめてみた。

「きゃー♪　英夫に襲われるー」

たいして力も入れてないので、その気になればすぐにでも逃げられるはずだ。それにもかかわらず、ミクは俺に抱かれたままだ。

「……楽しそうだな」

「ええっ⁉　迫真の演技じゃない？」

「そうは見えないけど……」

「でも、演技でも本気で嫌がっているみたいに見えたら、英夫、絶対にやめるでしょ？」

「それは……そうだな」

「だから、これくらいでいいんだよ」

ミクに断言されてしまえば、そういうものなのかと思うしかない。

「ね？　続き……しないの？」

目を潤ませ、頬を薄らと上気させ、上目遣いに俺を見つめてくる。

襲われているのなら、そんな顔をしないでほしい……というか、本当に襲いたくなる。

「……続けるな」

そう告げると、俺はやや強引にキスをする。

「んっ、んんっ、ん、んっ……ちゅ、ぴち……あむ、は……んんっ♥」

唇を割り開き、舌を割り入れる。互いの口元が唾液でぬるぬるになるまで休みなく、激しいキスを交わす。

「はあ、はあ……ん、ふぁ……今の、本当に……襲われてるみたいだった……」

「嫌だったか？」

「ううん……強引にされるキスも、ちょっといいかもって……」

とろりとした顔をして、そんなことを言われては、本当に襲いたくなってしまう。

ミクを抱き上げると、そのままベッドに横たえる。

「わ……!?」

驚いた顔で俺を見上げている彼女に、再びキスをする。

「んっ、んちゅ、ちゅ、んむっ……ふぁあっ、はあ、はあ……英夫……」

知らなければ我慢できたかもしれない。けれど、俺達はもう触れ合っている。体を重ねているのだ。

あの日から今日まで、幾度かそういう雰囲気にはなったが、何もしてこなかった。理性を持って自制している。そのつもりでいたが、結局は自らの欲求から目を逸らし、衝動に蓋をして誤魔化していただけだ。

俺と同じとは思えないが、ミクも少しはそういう期待をしていたのかもしれない。目を潤ませ、頬を染めたミクが、俺を見つめてくる。

……このままだと、本当にタガが外れたように求めてしまいそうだ。

「これだと、襲っている感じがないな」

彼女と正面から向き合うのを避けるため、言い訳じみたことを口にしながら、ミクをうつ伏せにひっくり返す。

「きゃっ⁉　あ……なんか、この格好って……無理やりされてるみたい」

「そうだな。ミクは今、俺に襲われているんだからな」

そう言いながら、彼女の髪に鼻先を埋めるようにして、うなじにキスをする。

「ひゃっ⁉　んっ♥　ひ、英夫？」

くすぐったそうに首をすくめる彼女に構わず、俺はうなじから首筋を伝い、耳を甘噛みする。

「あ、ん……っ、や、やだ……耳、はむはむしないで。それ、くすぐったい……んんっ」

「舐めるほうがいいか？」

耳の形をなぞるように舌を這わせていく。

そうしながらも、抑えこんでいるミクの体——肩から二の腕を撫で、脇腹へと手を這わせていく。

「んふっ、ふふっ、あはっ、ふふっ、それも、くすぐったい……んっ、あははっ」

こしょこしょと脇腹を撫であげると、堪え切れないというようにミクが笑い声を漏らす。

くすぐりに弱いのかもしれないな。

脇腹だけでなく、脇の下なども刺激すると、体をくねらせて逃れようとする。

「はあ、はあ……ん、はぁ……もう、くすぐるの禁止！　禁止だからっ」

「そうか。楽しかったんだけどな」

「あたしは苦しかったの！」

「襲われて、無理やりされている感じは出たんじゃないか？」

「そういうのとは違くない？」

「そうか？　だったら、こういうのか……？」

勃起しているチンポをミクのお尻に押しつけると、腰を前後に動かしてグリグリと擦りつける。

「あ……」

ミクの腰が小さく跳ねた。くすぐっていたときとは、反応が違う。

お尻の割れ目にペニスを擦りつけながら、再びミクのうなじや首筋にキスの雨を降らせる。

「ん、んっ、ふ……あ、ん……はあ、はあ……んんっ♥」

だんだんと昂ぶってきているのか、漏れ出る吐息が色っぽくなってきた。

「ミク、四つんばいになって、入れてほしいって。セックスをしたいって、おねだりしてもらえるか？」

「え？　そ、それはちょっと恥ずかしいかな？」

「そうだな。恥ずかしいことだってわかっているから、無理やりさせるんだよ」

ミクはゾクゾクっと体を震わせた。

「英夫……イジワルだよ」

「たしかにイジワルかもしれないな。でも、ミクも望んだことだろ？　だから、本当に嫌ならここで終わりにするけど、どうする？」

体の上に覆い被さっている状態から、ミクを解放した。

「う……わかった……こ、これでいい？」

おずおずとミクがお尻を上げる。

充血した陰唇や、綻んで愛液を滲ませている膣口が露わになる。

「うん、すごくエロいな」

「すっごく恥ずいんだから、そういうこと言わないでよー」

「ちゃんと言わないと、恥ずかしい思いをするだけで終わりになるぞ？」

そう言いながら、ミクのお尻をゆっくりと撫で回す。

「あ、ん…………本当に、言わなくちゃ、だめ？」

「だめだ」

「うう……わかった。言う。言えばいいんだよね？」

ミクは俺の視線を避けるように、前を向く。耳だけでなく、うなじまで真っ赤になっている。

「英夫の、お、おちんちん、あたしのここに……入れて」

「おまんこに、だよな？」

「あたしのおまんこに……英夫のおちんちん、入れて——んあっ⁉」

おねだりしている最中に、不意を打つようにいきなりペニスを挿入する。

「あ、あ……んんんっ♥　まだ、言ってない、なかったのにぃ……」

肩越しに振り返り、ミクが軽く睨みつけてくる。

「こんなエロイ格好で、そんなおねだりされたら、我慢なんてできないって」

そう応えながら、腰をゆっくりと前後させる。

「ん、んっ♥ 今日の英夫……なんか、英夫っぽい。エロおやじ！ ヘンタイ！」

「否定できないけど、そう言われるとちょっと堪えるな」

苦笑しながらも、腰の動きは止めない。

膣内は熱く、十分に濡れている。腰を使うたびに、さらに愛液が量を増していく。

「あ、あっ、はっ、あ……んんっ♥ あ、ん……んあっ♥」

ミクの表情や反応を見る限り、嫌がってはいない……いや、それどころか感じているようだ。

「あっ♥ は……んっ、んっ、あ、ふ……！」

抽送に合わせるように喘ぐミク。その長い髪がふわふわと踊るのを見ながら、さらに責め立てていく。

「んぁ、あっ、ああ……英夫、ん、はぁっ♥」

「んはぁっ、あっ、ん、おちんちん、奥まできて、ん、はぁっ……！」

魅力的なお尻をしっかりと掴み、腰を打ちつける。

おまんこをチンポが出入りするたびに、滲みだしてくる愛液の量が増えてくる。

結合部から滴るほど濡れ、動きがどんどんとスムーズになっていく。

「んはぁっ♥ あっ、ん、ふぅっ……」

ミクの嬌声と、パンパンと腰を打ちつける音が響く。

セックスに慣れてきたのか、俺の動きに合わせて腰を使ってくるようになった。

ふたり分の動きと量を増した愛液により、チンポが出入りするたびに粘つくような淫音を奏でる。

「あ、や……えっちな音……んっ♥　それ、恥ずいから……んっ、だめ、だめ……あ、ああっ♥」

音を恥ずかしがるのはわかるが、バックですることにはあまり抵抗がないんだな……。

少しだけ不思議に思いながらも、指摘しないほうが良さそうだと黙っていることにした。

「今までも、セックスをしているときは、こんなふうにエッチな音がしていたぞ？」

「わ、わかんなかったから……そんなこと、気にしてられなかっただけだからぁ」

耳の先まで真っ赤にして、ミクが訴える。

「そっか。つまりそれは……襲われているのに、ミクは音を気にするような余裕があるってことか」

「へ……？」

おずおずと、ミクが後ろ――俺の顔を見る。

「そんなことが気にならなくなるくらいまで……もっと激しくしても大丈夫そうだな」

「あは、あはは……えと、優しくしてほしいかな？」

「そうだな。優しく激しく襲うようにしよう」

「な、なんか日本語が変じゃない？」

「それも、すぐに気にならなく……いや、気にしている余裕もなくなるくらいまで優しくするよ」

「優しくっていう言葉の意味が──」

ずんっと、チンポが根元まで埋まるほど強く、深く、腰を打ちつけた。

「んうっ⁉」

カリ首で膣襞を引っ掻きながら、ずろろろっと一気にチンポを引き抜く。

「あ、あ、あ……んあっ、あああぁあああっ‼」

ミクのお尻がびくんっと跳ね、全身をブルブルと震わせる。

もしかしたら、軽く達したのかもしれない。

膣口がチンポを締めつけながら、山型に盛り上がる。本人には見えないだろう、淫らな姿を見おろしながら、さらに腰を使う。

じゅぷ、じゅぷ、じゅぷ、最初は一定の速さで、一定の深さまで、チンポを出し入れする。

「んっ、んっ、あ、あっ♥　あ、は…………あ、いきなり……はげし……あっ、あっ♥　んんっ」

ちゅぷっ、じゅちゅっ、ぱぷっ、ぶぷっ。角度を変えながら激しくチンポを出し入れすることで、空気を含んだ音も響く。

だが、自分の体からそんな音が聞こえることに慣れていないミクは、いやいやするように頭を左右に振りたくる。

「あ、あっ、音……やだっ、それ、わざとしてるでしょ？　んっ、あっ、だめ、だめ……んんっ」

「そんなに恥ずかしい？　これ、ミクが感じているからこうなっているんだって、俺は嬉しいけど」

「そ、そんなこと言われても……んっ♥　んっ♥　あ、んんっ♥」

入り口近くの浅い場所を、速い動きで擦る。

「や、やだっ、んっ♥　あ、ああっ♥　あふっ♥　あ、ああっ♥」

羞恥と快感に翻弄されながらも、ミクは昂ぶってきている。

とはいえ、あまりやり過ぎるとミクに嫌われてしまいそうだ。

「ん、ん、はあ、はあ……あ、ん……英夫？」

腰の動きを緩め、その代わりではないが、脇から手を回しておっぱいをすくいあげるように持ち上げる。

「んあ……!?」

重力に引かれるように下がりながらも、綺麗な形を保っている大きな乳房。触れているうちに融けてしまうのではないかと思うほど、柔らかな膨らみをじっくりと捏ねる。

「んんんっ、あ、んっ♥　んっ♥　あふっ♥」

くすぐったいのか、感じているのか、ミクは乳首を責めるたびに、軽くのけぞり、喘ぐ。

充血して盛りあがっている乳輪を指の腹で撫でまわし、勃起している乳首を軽くつまんで引っ張りあげ、そして放す。

スプリングのように、おっぱいがプルンプルンと揺れる様を楽しみながらも、興奮は強まっていく。

「はあ、はあ……あたしのおっぱいで、遊んでる……？」

「ずっと、こうして弄っていたくなるな」

「今度、好きなだけ弄っていいから……だから、こっち、もっと、して？」

ミクはそう言って腰を高くすると、俺のチンポをより深く咥えるように、お尻を押しつけてくる。

彼女の無言のおねだりに応えるようにおまんこを突くと、大きな胸を前後に揺らしながら、ヘコヘコとお尻を振りたくる。

「んあっ♥　あっ♥　あ、あ、ああっ♥　い、いいっ♥　いきそ……いくっ♥　あ、ああっ♥」

ミクは甘く喘ぎながら、快感の頂《いただき》へと向かって登っていく。

尻に腰を打ちつけ、チンポを出し入れする。繋がっている部分からは、白濁した糸がねっとりと滴り、シーツの上に染みを作っていく。

おまんこが涎を垂らしながら、チンポを咥えこんでいる。それは、普段の明るく可愛らしいミクの姿からは想像もできない淫らな姿だ。

若い彼女が俺の手で、俺のチンポで感じて、乱れている。

優越感、達成感——そして何よりも、強烈な快感が全身を駆けめぐっていく。

「ミク、ミクっ！　もう、いく……出すぞっ！」

「んっ、んっ♥　あ、あっ、うん、うんっ、出して……あたしのおまんこ、精液いっぱいにしてっ」

ミクも絶頂が近いのか、全身を小刻みに震わせながら、射精をねだってくる。

「あ、あ、あっ♥　英夫、はやく、はやくぅ……あたし、もう、いくっ、いく、いくいくいくいくっ、あ、あ、あっ♥　んんんっ‼」

背筋を刺激が駆け抜けていくのが、ミクの体の震えでわかった。

「ふあっ！　あ、あああああああぁぁあああああっ‼」

甘い嬌声と共に、ミクが絶頂を迎える。

「くうっ‼」

びゅぐううっ！　どぴゅ、どぴゅうう、どぷっ、びゅぐっ！

高まりきった衝動のまま、彼女のおまんこの中へと全てを放出する。

「あ、ああ……♥　ふああ……いっぱい、びゅくびゅく、されてる……ん、ふあああっ♥」

射精するたびに膣内でチンポが跳ねあげる。絶頂中に粘膜を擦りあげられる刺激に、ミクが尻を小刻みに震わせる。

「は、はっ、はあ、はあ……はあああぁ……」

最後の一滴まで放出し、深く息を吐く。柔らかくなり始めたペニスが、高まった膣圧に負けて押し出されていく。

「んっ‼」

にゅぽっと、少し間の抜けた音と共にチンポが抜ける。

「あ……抜けちゃった……ん、はあぁ……♥」

ミクは枕に顔を埋めるように倒れ込んで、そのまま脱力する。

「はっ、はっ、はあ♥　んぁ…………あふっ、はあぁ……」

セックスの余韻のように開いていたおまんこから、どろりと白濁が溢れて滴り落ちていく。

ミクはごろりとベッドに体を横たえると、まだどこか焦点の甘い瞳を俺に向ける。

「はっ、はっ、はあ、はあ……エッチ、気持ちよかった……」

俺の腕を枕にして、ミクは息を荒げている。

「……大丈夫か？　その……少し、やり過ぎたかも」

「へーき。だいじょぶ……」

そうは言っているが、まだ力が入らないのか、ミクはぐったりとしている。

「ふふ……こういうのも、いいかも……」

「こういうの……？」

「……うん。だって、英夫が本気であたしとしたいんだって……求められてる感じがするでしょ？」

「……改めて言われると気恥ずかしいけど、ミクの言う通りだな」

「いいじゃん。あたしも英夫とするの気持ちいいし……す――」

「す？」

「……っ」

俺が聞き返すとミクはみるみる顔を真っ赤にしていく。

「き、気にしないでっ」

気になるけれど、これ以上はいくら聞いても教えてはもらえなそうだ。

「わかった。じゃあ、話していいと思ったら、いつか聞かせてくれ」

「え？　うん、そうだね。言えるようになったら……言うから」

第三章　爆乳ギャルとの体験

平日はセックスはしない。それは、俺と彼女の間の暗黙の了解となっていたのだが——

それも、少し前までの話だ。

俺が性欲を自分で処理していたことを知ったミクは、以前よりも積極的に誘ってくるようになった。

断り切れずに時々はそういうこともしていたが、翌日の仕事への影響があるので誘いを断ることも少なくない。

「面白い番組、何もやってないね」

ソファに座ってぼんやりとテレビを見ていると、ミクが俺の隣に腰掛け、肩に頭を預けて手を重ねてくる。

こんなふうにボディタッチが多いときは、ミクが甘えたがっているときだ。

「どうしたんだ？」

「仕事、明日も忙しそう？」

「うーん……もうしばらくの間は、大丈夫だと思う」

「だったら……エッチ、する？」

「そうしたいところだけれど、明日も普通に仕事だからな……」

「男の人って、溜まった精液を毎日出さないと大変なんじゃないの？」

「そういう人もいるだろうけど、俺はそこまでじゃないかな」

「オナニー、してたのに？」

「セックスは別だろ？　したくないわけじゃないけど頻繁にはできないだろ？」

「それって、あたしとセックスはできないけど、オナニーなら毎日したいってことでしょ？」

「あれ？　そういう話だったっけ？」

「違うの？」

「違う。本当はミクと毎日だって――あ」

「ふーん。そかそか。あたしと毎日エッチしたいけど、オナニーで我慢してるんだ？」

「誤解があるようだけど、セックスもオナニーも絶対にしたいってわけじゃないからな？」

「うんうん、そうだね。でも、今は……したくなってるんじゃない？」

目を細め、妖しい笑みを浮かべながら聞いてくる。

「それは……」

「セックスは仕事に影響があるんだよね？　でも、オナニーなら平気なんでしょ？」

ミクは俺の股間に触れる。経験を積み重ねてきた分、抵抗も薄れ、手つきも慣れてきている。

指先でひっかくように、手の平で撫でるように刺激され、たちまちペニスが硬くなっていく。

「ふふっ、おっきくなっちゃった♪」

「ミク、無理してそんなことしなくてもいいんだぞ？」

「前に言ったでしょ？　あたしはやりたいからしてるの。だから……いいよね？」

——なんてやりとりが切っ掛けだった。

一度、ミクにしてもらうようになったら、なし崩しになってしまった。

セックスではなく〝オナニーの手伝い〟ならば断りにくい。

それをわかっているからか、今は毎日のようにミクにしてもらっている。

「う、くっ！　ミク、そろそろ……！」

「いいよ。出して、射精して？　んっ、んっ」

彼女の手がいっそう激しくなっていく。

「う、あああっ!!」

「あは♪　いっぱい出てる♪」

射精しているペニスを扱きながら、ミクがちらりと時計を見た。

「んー、昨日と同じくらいかー。もっとキトーをコシコシしたりしたほうが気持ちいいのかな？」

「はあ、はあ、今ので……十分、気持ち良かったけど……」

「本当？　それは嬉しいんだけど……イクまでにかかっている時間、あまり変わってないんだよねー」

「スポーツの記録じゃあるまいし、早いほうがいいわけじゃないぞ？」

「でも、それだけ気持ちよくなってくれたってことでしょ？」

「それは……そういうことに、なるのか？」

「フェラとか、パイずりとかしたら、もっと早くなるかな……」

独り言のように呟く。聞こえてきた単語で、ミクが俺のチンポをしゃぶり、爆乳を使って奉仕をしてくれる姿を想像してしまった。

「なーに？　出したばっかりなのに硬くしちゃって♪　もっとしてほしいのかな？」

「そうしてほしいところだけど……今日は我慢しておくよ」

「ええ～、どうして？」

「これ以上するんだったら、ミクとセックスするのを我慢している意味がなくなるからな」

「そっか。じゃあ……そういうのは、週末までお預けだね」

ミクに手伝ってもらいながら後始末を済ませると、彼女と共にベッドに横になる。

ミクは俺に抱きしめられたり、キスをしたりするようなスキンシップが好きなようだ。

オナニーの手伝いをしてくれるお礼代わりというわけではないが、彼女を好きなだけ甘やかすことにした。

彼女との生活は少しずつ変化しながらも、穏やかに続いている。

このままずっと一緒にいられたら、そんなふうに思うことも増えた。だが、はっきりとその気持ちを伝えたことはない。

今は俺と共に暮らしているが、彼女には事情がある。

まだ、家出をしている理由は聞いてはいないが、それが解決すればこの部屋で暮らす意味もなくなるだろう。

最初は面倒ごとを抱え込んだと思っていたが、今はいつくるかわからない彼女との別れを怖れている。

……我ながら勝手なことだ。

自嘲めいた笑いが、自然とこぼれる。

「ん……どうしたの？」

「え？」

「なんか、眉の間に皺が寄ってるよ？」

俺の眉間を優しく撫でてくる。

……心配をさせてしまったか。

「いつもミクには色々と助けてもらっているからな。今度の休みにでも、どっか飯でも行こうかと考えてたんだよ」

「外食なんてお金がもったいなくない？」

「ミクは買い物以外だと、あまり出歩いていないだろう？　たまにはいいんじゃないか？」

「それって、あたしとデートしたいってこと？」

「え？　あ、ああ。そうなる……のかな？」

「んふふ♪　そうなんだー。もう、最初からそう言ってくれればいいのにー」

ニコニコと上機嫌に笑う。

「それで、どこに行くの？」

「何か食べてみたい料理とかあるか？」

「フランス料理とか？」

「本気で行きたいのなら、いい店をいくつか知ってはいるぞ？　もっとも、俺の給料で行ける範囲だけど」

「あははっ、冗談だよ。そんなお店に行ったら、緊張して味がわからなそうだし。英夫が決めてよ」

「そうだな……だったら、良さそうなとこを探しておくよ」

「うん、楽しみにしているね♪」


今日は週末――ミクと出かける約束をした日だ。

そのこともあって、昨日はふたりそろって盛り上がって、少しばかりがんばってしまった。

「ねえ、英夫。起きて。英夫」

ゆさゆさと体を揺すられ、目を開くと、その体を惜しげもなくさらしているミクの姿が見えた。

「……おはよう。ずいぶん、早起きなんだな」

「え？　別に早くないよ？」

きょとんとした顔をしたミクに言われ、時計に目を向ける。

部屋が薄暗いから、もっと早い時間だとばかり思っていたのだけれど、すでに昼近い。

起き上がってカーテンを開くと、窓から見える空は鈍色《にびいろ》の厚い雲に覆われていた。

「うわ……天気、悪そうだな。予報じゃ雨とは言ってなかったはずなんだけど……」

「雨の日に無理に出かけなくてもいいんじゃない？　英夫、またあたしみたいな女の子を拾って来そうだし」

「そんなことしないぞ？」

「あたしにはしたのに？　優しいのはいいけど、誰かれかまわずに声をかけたらだめだからかね？」

「しないって」

「そう？　それならいいけど、新しい子を拾う場合はあたしにも相談してね？」

「まったく信頼されていないっ⁉」

結局、店の予約はキャンセルをして、家にこもって過ごすことにした。

少し遅めの朝食兼昼食を済ませ、近所のスーパーに買い物に行く。

予想通りというべきか、家に着く直前に雨が降ってきた。

「結構、雨の降りが激しいな」

「出かけなくて正解だったし、こうして部屋でゴロゴロするのも嫌いじゃないけど……ちょっと、残念だったかな」

「遊びに行きたかったのか？」

「英夫があたしのことをデートに誘ってくれたのって、初めてでしょ？」

「あれ？　そうか？」

「そうだよー」

ぷくっと頬を膨らませている。

「そうか。だったら明日——も雨の予想だな。来週の休みにデートをし直すか」

「うんっ♪　あ、でも、今日もデートできなかった分、いっぱいかまってほしいなー」

俺の胸に飛び込むように抱きついてくると、頭を押しつけながらグリグリと擦りつけてくる。

どうやら今日は甘えたがりになっているようだ。

となれば、俺にできることは、ミクが満足するまで甘やかすことだろう。

「ミク、したいことはあるか？」

「部屋に籠もってできることって、そんなにないよね？　英夫、こういうときは何をしてたの？」

「俺か？　二度寝して、たまっていた家事をこなして、適当に飯を作って……後はゴロゴロしていたな」

「んー、そんなふうにするのもいいけど、ふたりじゃないとできないこと、したいよね？」

「そうだな」

「……ふたりじゃないと、できないことだよ？」

上目遣いにミクが見つめてくる。彼女が何を求めているのかはわかるけれど……。

「真っ昼間から、そういうことでいいのか？」

「夜まで、英夫の全部の時間をあたしにちょうだい。いいよね？」

潤んだ目で俺を見つめてくるミク。ほんのりと朱に染まった頬に手を添えると、目を閉じて軽く顎を上げた。

薄桜色の唇にそっとキスをする。

それだけじゃ物足りないとばかりに、ミクのほうから舌を使ってくる。

ちょんちょんと唇をノックされ、軽く口を開くと中へと入ってきた。

「ん、ちゅ……んっん、ぴちゅ、ちゅ……ん、ふぁ……♥」

しばらくの間、軽く舌を遊ばせ合ってから顔を離すと、俺と彼女の間を銀の糸が結ぶ。

「はあ、はあ……英夫……もっと……」

ミクがキスをねだってくる。

今度は俺のほうから、積極的にキスをしていく。

唇から鼻先へ、そして瞼にキスを落とし、そのまま耳たぶを甘噛みする。

「んっ、あ…………ん、ふあ、あ……♥」

くすぐったいのか、ミクが軽く肩をすくめる。

年頃の女の子特有の甘く淡い香りを楽しみながら、彼女の服を脱がしていく。

「ちゅ、ん、んむ……ん、ふぁ……はあ、はあ……英夫も……」

俺がしているように、ミクが服を脱がしてくれる。

互いに身に着けているものを全て脱ぎ、生まれたままの姿となった。

何度見ても綺麗で魅力的な体を、軽く抱き寄せて胸に触れる。ふにゅりと形を変える大きな乳房を撫でた。

ぽよぽよとした弾力を楽しみながら、胸全体を優しく捏ねていく。

「ん、ん……あ、ふ……」

吐息が熱を帯び、頬の赤みが濃くなる。

しばらくそうしていると乳首が勃起して、硬く尖ってきたのを感じた。

左右に、上下に、転がすようにして先端部分だけを刺激すると、切なげな顔をして、腰を小さくくねらせ、膝を擂り合わせるようにもじつかせる。

今でも準備は十分だろう。できるならすぐにでも彼女とつながりたい。

けれども、今日は一日、すべての時間がミクのものなのだ。

もっとじっくりと彼女に感じてもらうのもいいだろう。

そう決めると、胸を弄っていた手を離す。

「あ、あれ？　しないの？」

今までとは違うことに気づいたのか、ミクが不思議そうに尋ねてくる。

「いつもはしてなかったことをしようと思って」

「してなかったこと……？」

ミクの呟きには答えず、ミクのお腹へと顔を寄せていく。

「え？　な、なに……？」

戸惑っている彼女のお腹にちゅ、ちゅっとキスをくり返し、可愛らしい窪みに舌先を差し入れて舐め回す。

「んひゃっ⁉　ひ、英夫、そこ、おへそ……くすぐったいから、そんなにしたら、だめだってば……」

「気持ちよくない？」

「はあ、はあ……すごく、くすぐったくて……少しだけ変な感じ……」

「そうか。じゃあ……こっちなら気持ち良くなれるよな」

ヘソからやや盛り上がっている土手を伝い、股間——割れ目へと舌を這わせていく。

「え？　あ……そんなこと、しなくていいよ。そこ、汚いから……あ、ああっ♥」

俺は構わずにミクの股間にキスをすると、そのまま舌全体を押しつけるように舐めあげる。

「ふあああああっ⁉」

ミクの腰が跳ねる。

充血している陰唇を唇で軽く挟んで刺激し、尖らせた舌先で陰核——クリトリスをつつく。

「あ、ちょ、ちょっと待って……んあっ♥　あ、あ、あっ」

びくっびくっと小刻みに体を震わせると、足を閉じようとする。

だが俺は、ミクの太ももの間に頭をつっこんで、強引にクンニを続けた。

舌を尖らせておまんこの中を舐め回し、溢れてくる愛液をわざと音を立てて啜る。

「あ、や……んんんっ♥　あ、あっ♥　それ、感じちゃう……感じすぎちゃう……！」

頭を強く挟んでいた太ももの力が緩み、気持ち良さそうに喘ぎ始めた。

自分の手で、自分の愛撫で、ミクが感じている。

そのことが楽しくて、嬉しくて、俺はさらに愛撫に熱を入れていく。

包皮から顔をのぞかせる敏感な突起を唇で挟みながら、ちゅうっと音を立てて吸いあげる。

「あ、やっ、ちょ、ちょっと待って……そんな、されたら……イク、イッちゃうからぁ……！」

強まった刺激を受け止めきれないのか、ミクは息を荒げて喘ぎながら腰をくねらせる。

俺は股間から顔を上げて、彼女の顔をのぞきこむ。

「……ミク、してほしい？」

普段ならばこんなことを聞かずに、ミクとつながっている。

けれど今日は、少しだけ焦らすように問いかける。

「……うん、してほしい」

「だったら、しやすいように足を開いてもらえるか？」

「え？　いつもこれくらいでしてたよね？」

「ミクのエッチなところがどうなっているのか、はっきり見せて」

「そうしないと、だめ？」

「だめじゃないけど……そうしてほしい。ほら、足の裏に手を入れて、ぐっと足を開いて……」

わずかに躊躇ったあと、ミクは俺の希望通りに足を大きく開いてくれた。

じっくりとクンニをしていたからか、充血した陰唇が綻び、まるでおもらしをしたかのように、ぐしょぐしょに濡れている。

「うう……この格好、めっちゃ恥ずいんだけど……」

「すごくエロくて、めっちゃ興奮する」

広げた足の間、ミクの秘裂にペニスを押しつけ、軽く前後させる。

「あ、ああ……♥　ん、ふ……」

「それじゃ、するな」

ミクが頷くのを見て、挿入をねだるようにヒクついている膣口へとペニスを埋めていく。

「あ、は…………んあっ♥　あ、あ、あっ♥　んんんっ♥」

「う、く……！」

熱く濡れ、深くつながるほどにチンポを強く締めつけてくるおまんこの感触に、思わず声が漏れる。

「ミクの中……すごく、気持ちいいよ……」

「……うん。あたしも、英夫のおちんちん、気持ちいい……」

そんなことを言われたら、自分を抑えることなんてできない。

自然と腰が動いていた。

チンポを引き抜きながら、張り詰めたカリで膣襞を擦りあげると、すぐに反転してより深く繋がっていく。

出して、入れて。ミクのおまんこに余すところなく触れ、擦りあげる。

「あぁっ！　ん、はぁっ、あっ♥　ん、ふぅっ……！」

「んっ、んっ、ああ、あっ♥　あ、ふ……ん、それ、いい……あ、引っぱられながら擦れるの、気持ちい……んああっ♥」

雨が窓を叩く音にまじり……いや、かき消すように、ミクが淫らで可愛らしい喘ぎ声をあげる。

「んっ、あっ♥　ふぅ、んぁっ……あぁ……」

もっと気持ちよく喘ぐ姿が見たい。もっと彼女の甘く蕩けた声を聞きたい。

より深くチンポを挿入するように、ぐっと腰を押しつけ、引き抜く。

そうやって、小刻みでゆっくりだった動きを、深いストロークの速い動きへと変化させていく。

結合部がじゅぷじゅぷと淫らな音を奏でる。

「あふっ、ん、あぁっ……英夫のおちんぽが、あたしの奥まで、んぅっ！」

蜜壷が肉棒を締めつけながら、さらに強い刺激を求めるようにして、自ら腰を突き出してくる。

「あっ♥　あっ♥　んんぅっ、い、いいよ……なんか、いつもより、気持ちい……あ、んああっ♥」

すっかりと感じ、嬌声をあげていくミク。

俺もその膣襞の気持ちよさを感じながら、腰を打ちつける。

「んっ、んっ、ふあっ！　あ、ぜんぶ、擦れてる……んくっ♥　あ、あああっ」

腰を突き出すようにしている体位のせいか、結合部までよく見える。

「ミク、自分のおまんこがどうなっているのか、見えるか？」

「はあ、はあ……ん、あたしの……？」

目を伏せ、視線を股間へと向ける。

ミクにも見えるようにやや体を起こしながら、ペニスを引き抜いていく。

「んっ♥　あ、は………んっ♥　あ、見えちゃってる……全部、見えちゃってる……」

充血した陰唇が綻び、愛液でぬらついているチンポを締めつける膣口が山型に盛り上がっている。

「すごいな。ミクのおまんこ……まさに、俺のチンポを咥えてるって感じだ」

「あ、やだ………こんなに、なってたんだ……」

今まで、結合部をまじまじと見ることなんてなかったので、自分の体の変化を知って、ミクが顔を真っ赤に染める。

「んっ♥　んっ♥　だめ、恥ずかしい……見ないで。見ちゃだめぇ……あ、あっ♥　んんっ♥」

「でも、この格好だと見ないでいるのは無理だぞ？」

「ううう……英夫のいじわる……」

羞恥に震えながら、ミクが軽く睨んでくる。

どうやら、少しやりすぎてしまったようだ。

「ごめんごめん。じゃあ……見ないように、見えないようにしようか」

体を前傾させて、チンポをより深く埋めていく。

ミクの体の一番深い場所――降りてきている子宮口を亀頭で押し上げる。

「ん、あっ⁉　はっ、はっ、奥、届いてる……英夫の、当たってる……」

「うん……ミクのお腹のこの辺りで、俺のが動いてるのがわかるな」

チンポを深く挿入するたびに、ミクの下腹部が内側から押し出されるように小さく盛り上がる。

そこに手を触れると、押し込むように左右に揺らす。

「ふやっ⁉ んっ♥ あ、あああぁっ！ そ、それ……変、変になる、から……だめ、ぐりぐり、だめぇ……！」

内と外から同時に刺激され、反応が激しくなる。

軽くのけぞり、体をくねらせる。膣奥を突くたびに腰が小さく跳ねあがる。

「あああぁぁっ♥ ん、んっ♥ だめ、だめ、う……そこ、奥、ぐりぐり……しゅご……あ、あぁっ♥ なにも、かんがえられなくなるぅ……なっひゃう……！」

蕩けた顔で、ひっきりなしに喘いでいる。

……とはいえ、ポルチオで感じるようになると、快感が深くなるらしい、という話を聞いたことがある。

開発に時間がかかるみたいだけれど、ミクのようにすぐに感じるようになる女の子も少なくはないようだ。

「ここ、気持ちいいんだ？ もっと、もっと気持ち良くなっていいから」

ミクのお腹の、ヘソ下辺りをぐっと押しながら腰を使う。

チンポで子宮口を叩くように突き上げ、外側からも子宮を左右に揺らすように刺激する。

ミクのおまんこ越しに、自分のチンポを刺激しているような、そんな不思議な感触。

「あっ♥　あっ♥　らめ……かんじしゅぎ、こわいの……これいじょ、されたら……おかひく、なる……なっちゃ……ああ♥」

今までにないくらいに、
だが、ミクは俺以上に強烈な刺激を受け、強い快感があるようだ。

さっきからずっと全身が小刻みに震え続け、おまんこが収縮をくり返している。

膣道がうねり、襞が絡みつき、射精を促すようにチンポを締め上げてくる。

「ひ、ひぐっ♥　いっ♥　しょ、しょこはらめっ、も、いぐっ♥　いく、いく、いぐううっ♥」

目の端に涙を浮かべ、緩んだ口の端から涎がこぼれる。

抱えている足の指が大きく広がり、腰が跳ねあがった。そして――。

「んっ♥　あ、く…………」

目を見開き、息を詰めたような呻きがこぼれる。

「う、くっ!!　ミク……!!」

限界、だ……！

目の前が白く染まるような快感の中、俺は彼女の膣内へとすべてを放出した。

「ふぁあああっ！　あ、んあああああああああああああぁぁぁーーっ!!」

俺の射精を受け、ミクが悲鳴じみた嬌声と共に達した。

「ん、ひ……あ、は………♥」

糸の切れた人形のように、がくんっと頭が落ちると、ぐったりと脱力したのだった。


「……やっぱり、明日も雨みたいだな」

だが、天気が悪いと気分も落ち込みがち……というのは、俺だけのようだ。

「へえ、そうなんだー。だったら明日も一日中、英夫と一緒にいられるね♪」

「それでいいのか？」

「それがいいんだよ？」

ミクは、何を言っているの？　というように小首を傾げている。

「……じゃあ、明日もふたりで引きこもって過ごすか」

「うん♪」

時間を気にすることなくふたりで過ごす。たまにはこういうのもいいだろう。

結局、天候が回復したのは週が明けてからだった。

もっとも日曜日に晴れていたとしても、俺達がどこかへ出かけたりすることはなかっただろう。

食事と睡眠、そしてセックスだけの怠惰で淫らな時間を過ごしたからだ。

何度、ミクが達したのか、俺が射精をしたのか、それもわからないほどに求め、むさぼり合うように体を重ねた。

気持ちが良く、満たされていた。できれば、またしたいと思うほどに。

もっとも、週末ごとにくり返すことになったら、半年もせずにダメ人間になりそうな予感があった。

たまにならいいけれど、普段は控えるべきだろう。それに、ミクとの約束もある。

今日は、先週の雨で流れたデートのやり直しをすることになっている。

「ねえ、英夫。今日のデートって、夕方からだよね？」

「ああ。先週キャンセルした店を予約してあるけど……」

「それって、フランス料理？」

前のときのやりとりを思いだしたのか、ミクがからかうように聞いてくる。

「イタリア料理だな」

スマホを手に取ると、店のホームページをミクに見せる。

自宅からも会社からも離れているし、個室なので周りの目を気にせず、のんびり過ごすことができるはずだ。

「……結構、高いけど大丈夫なの？」

「毎日、ミクが料理をしてくれるから、食費が浮いているし、たまの贅沢くらいはいいだろ？」

「本当に大丈夫なの？　無理してない？」

「無理してないって」

「だったら、ごちそうになるね♪」

俺の言葉に嘘がないとわかったのか、ミクは誘いを受けてくれた。

さっそくスマホで、前回のキャンセルについて改めてお詫びを伝え、新規の予約の連絡を入れる。

「今はまだ10時過ぎだから、予約の時間まで6、7時間はあるよね？　それまで他のことしない？」

「……何かしたいことがあるのか？」

「ここからだと少し離れてるけど、大きめの公園があったよね？　お弁当を作るから、ピクニックしない？」

晴れわたった空の下、ミクと共に公園でのんびり過ごす。

「……いいな」

「でしょう？」

ミクは胸を張って、どやっとした顔をする。

「それにしてもピクニックか。そういうとこ、ミクってギャルっぽくないよな」

「どういうこと？」

「ギャルっていうとさ、クラブとかで踊ったりして遊んでいるか、うぇーいっぽいやつらと海とか山で騒いでいるイメージがあるから、ピクニックと結びつかなくて」

「たしかに、そういうふうに遊んでる子もいるけど、英夫の考え方って古くない？」

「ミクはそういうことしないのか？」

「誘われて一緒に行ったことあるけど、あたしはあまり楽しくなかったんだよね」

「そうなのか？」

「声をかけてくる男がうざかったんだよね。みんな、雰囲気か酒で酔わせてどうにかしようって感じのやつばっかりで」

「そ、そうなのか」

俺には関わりあいのない世界のことで、うまく想像できない。

「男なしで遊びたいって言って、女だけで集まっても、カレシとか、ブランド物の話とか、あとはセフレのこととかでマウントの取り合いっぽくて」

「話を聞いていると、ミクってギャルに向いてないんじゃないか？」

「言わないでよー。薄々そうじゃないかって思ってたけど」

「まあ、ミクはミクらしくしてればいいと思うけど」

「もし、あたしがギャルじゃなくなっても？」

「ギャルじゃなくなったとしても、ミクがミクじゃなくなることはないだろ？」

「英夫のそういうとこ、いいよね」

ミクは柔らかく微笑《わら》う。

「じゃあ、決まりでいい？　お弁当をすぐに作るから、そうしたらピクニックに行こうか」

「ああ……と言いたいし、魅力的な提案なんだけど、それはまた今度にしないか？」

「え？　どうして？」

「食事の前に、ミクの服を買いに行こうと思ってたんだよ」

「あたしの服？　え？　買ってもらったのあるじゃん」

「前のは秋服だったろ？　そろそろ寒くなってきたし、今の服だと夜に出歩くのは向いていないからな」

「でも……」

「俺のわがままだよ。もっと色々な格好をしたミクを見てみたいしな」

「……本当にいいの？」

「もちろんだ」

どんな服がいいかな……？

意外と、少し大人っぽいのも似合いそうだ。いや、ミクらしい活動的な格好もいいかも。

想像するだけでも楽しい。自分の彼女や妻を飾り立てる男の気持ちが少しわかってしまった。

「それじゃ、まだ早いけれど、出るか」


「ふぁああ……すっごく美味しかったね……」

食事を終えて店を出ると、ミクは頬に手を当てて、うっとりと呟いた。

「たしかに驚くくらいに美味かったな」

「誘ってくれて、ありがと♪」

笑顔でお礼を言いながら、ミクが俺の腕に抱きついてくる。

「ミ、ミク……？」

「デートなんだから、これくらいいいでしょ？」

ここは家からも、会社からも離れてる。知り合いに会う可能性も低いだろう。

それに、今のミクは新しく選んだ服を身に着け、髪を下ろしている。

雰囲気も大人っぽく、俺と並んでいても違和感は少ない。

しかし、スタイルのよい美少女は注目を集めやすい。それは理解しているつもりだったが、思っていた以上だった。

「だめ？　こういうときは堂々としてたほうが周りも気にしないと思うんだけど……」

「だめじゃない。ただ、ちょっと緊張しただけだ」

「緊張って、どうして？」

本気でわかっていないのか、ミクは小首を傾げている。

自己評価が低いところがあるのは、彼女が家に帰らない理由に関係しているのかもしれない。

「ミクが綺麗だからだよ」

「ふぇ……⁉」

気の抜けたような声と共に、ミクが顔を赤くする。

「いきなり、どうしたの？　英夫らしくないよ？」

「本当にそう思ったから言ったんだよ」

「んふふ、そっか。英夫に褒められちゃった♪」

上機嫌に笑いながら、ミクはさらに体を密着させてきた。

それだけで心臓の鼓動が跳ねる。ドギマギしている内心を知ってか知らずか、俺の顔をのぞきこんできた。

「それで、この後はどうするの？」

「いや、このまま家へ帰るつもりだったけど？」

「ええ～、せっかく外に出て来たのに？　食事だけで終わりなの？」

家出中ということもあって、ミクは普段、あまり出歩いていない。

だから、こうして外に出られることに解放感を覚えているのだろう。

「わかった、わかった。行きたいところとか、やりたいことはあるか？」

「なんでもいいの？」

「あまり無茶なことじゃないならな」

「それなら、大丈夫。無理なことじゃないと思う。あ、少しだけスマホを貸してもらってもいい？」

「うん？　かまわないぞ」

ミクに手渡すと、慣れた手つきで何かを操作している。

「ね、ここに行ってみたい」

そう行って、ミクが見せてきたのは――今いる場所からほど近い、ラブホテルだった。

「ええと、ミク？」

「一回、入ってみたかったんだー。だから、いいでしょ？」

もちろん、俺に断る理由なんてない。

さっそくとばかりにミクが選んだホテルへ向かう。

近隣では一番人気のようで、外観からはごく普通のホテルにしか見えない。

ただ、中に入ると、コンセプトごとに各部屋のイメージががらっと変わっているのはラブホらしいと言えるかもしれない。

「どれにする？」

「ミクの好きな部屋でいいんじゃないか？」

「んー、それじゃ……ここにする」

ミクが選んだのは、風呂が大きめの部屋だった。


中に入ると、ミクは感心したような声をあげ、俺の部屋に来たときと同じように興味津々の様子だ。

「なんか、ただセックスをするだけ！　みたいなとこを想像してたんだけど、違うんだね」

「そうだな。俺もちょっと驚いてる」

とはいえ、バスルームはガラス張りで、寝室から丸見えだし、ベッドも大きなものが一つだけだ。

そういう意味では、セックスをするための部屋なのは間違いない。

「ねえねえ、英夫。お風呂、おっきいよ。一緒に入ろ？　あ、でも、あたしが入るところを見てるほうがいい？」

ミクは楽しげに聞いてくる。

「見るよりも、一緒に入ったほうがいいな」

お互いの服を脱がせ合い、風呂に入る。

ガラスの向こうに部屋が見えるということもあって、家の風呂の倍くらいの広さに感じる。シャワーで体をざっと流してから、ふたりで湯船に浸かった。

「ふたりでぴったりくっついて入るのもいいけど、こういうのもいいね……」

俺の腕に寄りかかり、ミクが気持ちよさそうに目を細めている。

浴槽はやや浅いが、家の風呂とは比べ物にならないくらいの広さがあるからこそ、できることだ。

「ここのお風呂くらいのサイズっていいよねー。あ、あと、ボタン一つで簡単にお湯が沸くのも欲しい」

「そうだな。釜炊きだと手間もかかるし、温度調整も面倒だからなぁ……」

何度、熱湯のような状態になった湯船に水を入れて温度を下げたことか。

ああいうことをする必要がなくなるだけでも、ずいぶんと安全で便利だよな……。

「ね、英夫。もっとお風呂の広いとこに引っ越ししない？」

「ひとり暮らしだと、あれでも十分――」

「あ……」

ミクは自分の言ったことの意味に気づいたのか、わずかに視線を揺らしながらも、俺を見ている。

安心させるようにミクの頬に触れ、笑いかける。

「ふたりで入るのなら、今よりも広い風呂がほしいよな。考えておくよ」

「……うん」

ミクは微笑しながら、小さく頷いた。

「でも、引っ越すにしても先のことだよね？」

「そうなるだろうな」

敷金や前家賃、仲介手数料に引っ越し代。それに事務的な処理などなど。具体的に考えると、もちろん簡単ではない。

「じゃあ、今は……ここでしかできないこと、しよっか？」

ミクは向かい合うように体の向きを変えると、俺の体に跨がってくる。

「ここでしかって……」

「広いお風呂はエッチがしやすいか、確かめるの♪」

いたずらっぽく笑うと、顔を寄せてくる。

「ん、はむ、ちゅ……んっ、んんっ、ちゅぴ、ちゅ……」

唇が触れるだけのキスは、すぐに舌を使った激しいものへとなっていく。

舌同士を押しつけ合った状態で、ぬるぬると擦り合わせ、戯れ合うように絡ませ合い、互いの口内を行き来させる。

「ん、はあ、はあ……英夫……」

目尻がとろりと下がり、頬は赤く染まっている。

「ベッドに行くか？」

「ここで、このまま……しちゃわない？　家じゃ、できないでしょ？」

広さもだけれど、後片付けを考えると、家の風呂でこういうことはできない。

「のぼせたりしていないか？」

「ん……お湯の温度はぬるめだし、大丈夫」

ミクはそう言って、割れ目を俺のチンポに押しつけてくる。

「ん……ふ……あ、あれ？　んっ、ん……」

「どうしたんだ？」

「あはは……お湯の中だと、動きにくいんだね……ん、ん……はあ、はあ……」

尋ねると、ミクが苦笑気味に答える。

「そうだな。お湯の抵抗も大きいからな。それに……これだと、濡れてもあまり意味がないし」

愛液や先走りが滲んだとしても、お湯の中だ。

潤滑液代わりとなるはずの体液も薄まり、どうしても抵抗が大きくなる。

「はあ、はあ……そっか。でも……こうやってると……」

「英夫のここ、おっきくなってきてるよ？」

お湯の中だから動きこそゆるやかだが、ペニスに押しつけるように秘裂で擦られれば反応もする。

「ん、ん……は、あ……それに、男の人みたいにわかりやすくないけど、あたしだって同じなんだよ？」

艶っぽい笑みを浮かべると、ミクが唇を重ねてくる。

「ん、ちゅむ、は………。ねえ、英夫……あたしのアソコ、触ってみて？」

ミクが軽く腰をあげる。俺は言われるまま、彼女の股間に触れた。濡れているようにも思えるが、湯船の中だとよくわからない。

「んっ……そのまま、中まで、指入れてみて……」

言われるままに指をゆっくりと埋める。

最初はわずかな抵抗があったが、指が膣内に入ると、そこが愛液でぬめっているのがわかる。

「……どうなってるか、わかった？」

問いかけに答えるように頷く。

「ずっと、英夫とエッチしたくて……オナニーの手伝いをした次の日、あたしも自分でしてたんだよ？」

「そ、そうなのか……」

ミクがひとりで自分を慰めている姿を想像し、チンポがさらに硬くなる。

「んふふ♪　おちんちんガチガチになってる……あたしのエッチな姿、想像しちゃった？」

「……うん。した」

素直に答えると、ミクがクスクスと微笑う。

「でもね、あたし、自分でするよりも英夫にしてもらうほうが好きだよ」

「俺も、手伝ってもらうのは嬉しいし、気持ちいいけど……ずっと、ミクとしたかった」

「一緒だね。ふふっ、英夫……いいよ。いっぱい、いっぱい、エッチして？」

耳元でそんなことを囁かれ、ゾクゾクと背筋に電気が走る。

おまんこに挿入していた指を引き抜き、ペニスを割れ目に宛がう。

ミクは自分からお尻を前後させて位置を合わせると、ゆっくりと腰を下ろしていく。

「あ、ん…………は……」

膣内は濡れていても、お湯の中だ。挿入するときに感じる抵抗が、普通にセックスをしたときよりも大きい。

いつもよりもキツく感じるおまんこに、チンポを埋めていく。

「あ、あっ♥　は、ん……英夫のおちんちん……入ってくる……ん、あたしのおまんこ、いっぱいになってる……」

俺を興奮させるためか、それとも無意識にか、ミクは淫らな言葉を口にしながら、うっとりと目を細める。

チンポが馴染むのを待っているのか、腰を下ろしたままだ。

「ん、ふ……。そろそろへーきかな……それじゃ、するね」

ミクはそう言うと、ゆっくりと腰を使い始めた。

「はあ、はあ……んっ♥　あ、ああっ♥　んっ、あんっ♥　は、あふっ♥　お風呂だと、動くの……大変かも……んんっ」

水の中では思ったように動けないのか、ミクがもどかしげに呟く。

「風呂から出て、続きをするか？」

「慣れたら大丈夫だそうだし……せっかくおっきなお風呂なんだよ？　このまま、しよ？」

「……わかった。だったら俺もがんばるか」

ミクの脇腹の辺りを支えるようにして、腰を使う。

「う、お？　これは……たしかに動きにくいな」

思っていた以上に水の抵抗は大きい。強く突き入れるつもりでやっても、勢いが殺されてしまう。

「ん、ふっ、そうだよね？　でも、毎日したら痩せそうな気がしない？」

「そんな必要ないだろ？」

「あるよー。二の腕とかぷにぷにだし、太もももちょっと気になるんだよね」

「俺は、今のままくらいのミクが好きだけどな」

ミクが気にしている二の腕を揉み、太ももをさすり、お腹を軽く撫でる。

「ちょ、ちょっと……気になるって言ったとこばっかり、触るなぁ……んんっ、あっ、あんっ♥　ふあ、あ、はぁっ……♥」

俺の手から逃れようと体を捩《よじ》ったことで、おまんこが刺激されたようだ。

軽くのけぞり、腰を震わせる。

「このまま続ければ、引き締め効果とかありそうだけどな」

「はあ、はあ……そうかな？　だったら、もう少し……がんばる」

スクワットをするように、膝を使って全身を大きく上下させ始めた。

「ふっ、んっ、あ、あっ♥　んあっ♥」

ミクの動きに合わせて水面が波立ち、不規則な動きが予想できない刺激を生み出す。

「ふわっ⁉　あ、あっ♥　いつもと違うとこ、擦れて……んんんっ、あ、ふっ♥　ん、ふぅああっ……♥」

浴室内ということで、ミクの嬌声がいつもよりも響く。

それに加えて、目の前でミクの爆乳が揺れているのもエロくてそそるものだ。

俺はそんな彼女を、下から突き上げていった。

「あふっ、ん、あっ、はぁっ……♥」

彼女が深くペニスを咥えこむように腰を下ろすが、おっぱいは完全に沈まない。

……巨乳は水に浮くと聞いていたが、本当だったんだな。

「ん、んっ♥　んっ、んあっ、あっ♥　あ、ふ……んんっ♥」

目の前でたぷたぷと踊る乳房、その先端――乳輪はすっかりと充血してぷっくりと盛り上がっている。

乳輪の縁を指の腹でなぞるように撫であげると、ミクはくすぐったそうに肩をすくめながらも、艶を含んだ吐息をこぼす。

どうやら、おっぱいを愛撫されて、さらに感じてきているようだ。

だったら、こっち――勃起している乳首はどうだ？　彼女の反応を見ながらぴんっぴんっとリズムをつけて指で弾く。

「んあぁっ！　あ、んくっ！　あ、あ、ふあぁぁっ♥　あ、あぁんっ♥」

ミクはぐっと背中を反らして、ぶるっ、ぶるっと全身を震わせる。

「はあ、んあぁ…………んふっ♥　はあ、はあ……んっ♥　んっ♥　乳首、そんなにされると……あ、あっ♥」

巨乳はあまり感度がよくないなんて言うけれど、ミクには当てはまらないようで、気持ちよさそうに喘いでいる。

乳輪を撫で、乳首を捏ねる。

そうやって胸への愛撫を続けていると、おまんこのほうの反応も変わってきた。

締めつけるようにしてきた膣道が、うねるように蠕動し、襞がチンポに絡みついて刺激してくる。

互いに感じる場所が擦れるように腰を揺する。こうしている姿を見ると、ミクがすっかりセックスに慣れたと感じる。

「すごく、エロくなったよな……」

「ん、いきなり……どうしたの？」

「いや、ミクがすごく上手くなったから、気持ちいいってことだよ」

彼女が前後、左右に動くので、俺は腰を弾ますように上下させる。

「ふあっ⁉　あ、あっ、ん、く……！　あ、それ、すると……おまんこに、お湯……入ってきて……んんっ」

お湯によって蜜液が薄まり、粘膜同士が擦れる刺激が強まる。

水の中だとどうしても動きが鈍くなる。だが、俺とミクが互いに腰を使うことで、十分な刺激を生み出すことができる。

浮力が体を支えているからか、ミクの動きはベッドの上でしているときよりも早い。

おまんこをじゅぽじゅぽと突き上げるたびに、彼女の喘ぎ声が浴室に響いていった。

「あっ♥ んあっ♥ こえ、でちゃう……んんんっ！ あ、だめ、だめぇ……！」

「ここなら大丈夫だ。もっと喘いでもいいんだ。ミクのエッチな声、聞かせて」

「はあ、はあ……んっ♥ 声、我慢しないでいいんだ……あっ、ああっ♥ んあああっ♥」

嬌声が大きく、そして甘く蕩けたものへと変わっていく。

家でしているときも喘いでいたけれど、ミクに我慢をさせていたのかもしれない。

「もっと、もっと声を出して、俺に聞かせてっ」

そう言いながら、腰を使う。

「あっ、んああっ♥ はあ、はあ……声、恥ずかしのに、出ちゃう……あ、ああっ♥ 気持ちい……いいのっ、んっ♥ あ、ああっ♥」

声を出すことでミク自身も興奮しているのだろう。甘く喘ぎながら、昂ぶっていく。

「んっ、んっ、あ、あ……あたし、いきそ……あっ♥ あっ♥ ん、んっ♥」

「……いいよ。いつでも、イっていいから」

ミクの腰に腕を回し、彼女の動きを補助するように、お尻を上下に揺する。

今まで以上に激しく水面が波打ち、浴槽の縁から溢れた水が飛び散っていく。

「い、いいいっ、気持ちい……あっ♥　あっ♥　いっ、いくっ、いくっ♥　んんっ、あ♥　い、くぅ…………!!」

天を仰ぐように、ミクが体をのけぞらせた瞬間、ぎゅうっとおまんこが締まった。

「ふあっ、んあああああああああああああああああああああああああっ!!」

浴室に響くような大きな嬌声と共に、絶頂を迎えた。

「くううっ!!」

ミクがイくまで耐えていた俺も、彼女の中へと全てを放出する。

「あ、んっ♥　あ、あ、出てる……びゅーって、お腹の中、出てるの、わかる……ん、ふあああ……♥」

俺の肩に顔を埋めるようにして抱きついたミクは、膣内に射精するたびに甘く喘ぎ、腰を小さく震わせていた。


お湯を張り替えなおし、湯船にのんびりと浸かる。

ミクも同じように……いや、俺以上にリラックスした様子で、寄りかかってくる。

「ミクは、これでよかったのか……?」

「うん？　何が？」

「カラオケとか、そういうのでもよかったんだぞ？」

「英夫はそういうのがしたかった？」

「自慢じゃないが、歌は苦手なんだよ」

「そうなんだー。だったら絶対に聞かせてもらわなくちゃね♪」

「いや、無理だって」

「いいじゃん、聞いてるのはあたしだけなんだし、ちょっとだけ？　ね？」

「なんか、エッチを迫るおっさんみたいだぞ？」

そんなふうに戯《たわむ》れながら、俺達はセックスの余韻を楽しむ。

「気遣ってくれるのも嬉しいけど、あたしは英夫と一緒にいられればそれでいいんだよ」

「そっか」

「そうそう。だから……少し休んだら、またエッチしよっか？」

「俺の体だけが目当てだっぽいぞ？」

「英夫の体も、目当てだから♪」

そう言って、ミクがキスをしてくる。

今晩は、あまり眠れない――いや、眠らずにいることになりそうだな。

そんなことを考えていた。

第四章　爆乳ギャルの決意

「あ、あのね……あたし、家へ帰ることになりそうなの」

仕事から帰宅した俺を出迎えたミクが、唐突にそう言った。

言葉は耳に入っているのだが、内容が理解できず――いや、したくなくて、俺は半ば反射的に聞き返していた。

「え？　どうして……？」

いや、考えるまでもない。

彼女は、本来ならば両親の庇護のもと、学校に通うべき年齢なのだ。家に帰るのは当然のことだ。理性では、知識では、わかっている。

だが、ミクはその家に帰りたくなくて、俺の部屋にいたはずだ。

「……理由を聞いてもいいか？」

俺が尋ねると、ミクが話し始めた。

「今日、荷物を取りに家に戻ったんだけれど――」

なぜか、普段はほとんど家にいないはずの両親が揃っていたそうだ。

「学校から連絡が行ったみたいで、あたしがこのところずっとサボってたことがバレちゃって……」

「……そうか」

うちにきてから半月以上は経っている。

ずっと休んでいれば、進級や進学に影響もあるだろう。学校が家に連絡をするのも当然だ。

「どうせあたしのことに興味なんてないんだから、今までと同じように放っておいてくればいいのに」

その言葉に滲むのは、怒りではなく諦めだ。

ミクと両親の間に、確執めいた何かがあるとは想像していたが、どうやら俺が考えていたよりも深い溝がありそうだ。

「先生が家に来るんだって。で、しばらくは毎日、登校してるか報告されて、成績が落ちたら全寮制のとこに転校させられそうな感じ」

「……ずいぶん徹底しているんだな」

「あの人達にとっては、自分達の評判が全部だから。娘の出来が悪いとか許容できないんでしょ」

吐き捨てるように言うと、深い溜め息をつく。

「それで、ね？　家に行くことになったんだけれど、あたしの荷物……ここに置いといてもらえないかな？」

今度は家に帰るではなく〝行く〟と言った。つまりは……そういうことなのだろう。

「もちろん、かまわない。それに、何かあったら言ってくれ。できるだけ力になる」

「あはは……英夫ってはば、優しすぎ」

ミクらしくない力のない笑み。

「……そんなこと言われたら、本気にしちゃうよ？」

「本気で言っているから、何の問題もないぞ？」

彼女をつなぎ止めるように、強く抱き締める。

その気持ちが伝わったのか、ミクがおずおずと俺の背中に手を回してくる。

「これから、しばらくの間は一緒にいられないんだね」

「……そうだな」

「英夫と一緒にいた時間のほうが短いのに……自分の家にいるのが当たり前のことなのに……なんで、こんなに寂しいのかな」

「俺は、ミクとふたりでいることが当たり前のように感じていたよ」

「ふふっ、あたしと同じだね」

ミクはまた俺の部屋に戻って来るつもりだろう。

だが、そんなことを両親が許すだろうか？

世間体を気にする親ならば、一回りも年齢の違う男の部屋へ娘が遊びに行くのを許すはずがない。

彼女の気持ちがどうあれ、こうしてふたりで会うことは、今後は難しく――いや、もしかしたら不可能になるかもしれない。

もし本気で俺を排除するつもりならば簡単だ。

おっさんが若い女の子を誑《たぶら》かし、だましてて部屋に連れ込み、淫行をしていると。彼女の両親がそんなふうに訴え出れば、いくらミクが否定をしてくれたとしても、会社において俺の立場はなくなる……いや、最悪の場合は犯罪者となる可能性もある。

そうなれば、二度と彼女に近づくこともできなくなる。

少し前までのミクならば、両親に何を言われても突っぱねて好き勝手に振る舞っていたかもしれない。けれど今になって、両親の言うことに素直に従うのは……うぬぼれでなければ、俺とのことがあるからじゃないだろうか？

「ごめんな、ミク」

「なんで英夫が謝るの？　あたしが悪いんだよ。あたしが……英夫といたくて、だから……」

彼女を抱きしめている腕に力を込める。

いつかこうなるのはわかっていたのに、覚悟していたつもりだったのに、実際に離れることになってわかった。

彼女を失うかもしれない、そんな覚悟なんてまったくできていなかったことに。

「大丈夫。両親を納得させたら戻ってくるから。だから……会えなくなる間の分まで、ぎゅっとして。英夫のこと、いっぱい感じさせて」


別れを惜しむように体を重ねた後、ミクは自分の家へ戻って行った。

あの日から十日――未だに、彼女から連絡はなく、部屋に来た様子もなかった。

そもそもミクはスマホを持っていなかった……いや、持たされていなかったのかもしれない。

だから連絡先がわからない。それに、彼女の名前は知っていても、名字は聞いておらず。どこに住んでいるのかもわからない。

ミクのことを知っているつもりでいたが何も知らず、俺から彼女に連絡をする手段もなかった。

ふたりで過ごした時間も、自分に都合のよい夢を見ていたのではないか？　そんなふうに考えてしまうくらい、遠くなっていた。

「う……」

頭の芯に鈍い痛みを感じて、ベッドの上でごろりと仰向けになって天井を見上げた。

「はあ……飲み過ぎたか……」

体はだるくて、喉が渇いている。気分転換のつもりだったが、昨晩は少しばかり飲み過ぎたようだ。

起き上がって、冷蔵庫に入っていたお茶を飲む。

腹が減っているので、適当に何か飯でもと考えたのだが、作るのは面倒だし、インスタント物もほとんどない。

……しかたない。外に食べに行くか。

見苦しくない程度に見た目を整え、財布だけを手に外へと出た。


すっかり秋めいてきた空を眺めながら、駅――商店街へと向かう途中、ふと思いついて弥美ヶ岡公園を通っていくことにした。ミクと出会った公園だ。

それなりに広い公園だからか、休日なのに人の姿は思っていたほど多くはなかった。

人は人の中にいるときのほうが孤独を感じる――などという話があるが、俺はミクとの思い出がある場所にいるときに、より強く独りだということを実感するようだ。

気分転換になるかと思ったが、こんなことなら、公園になんて寄らないほうが良かったもしれない。

「……あれ？　英夫？」

「え？」

聞き慣れた声に振り返ると、なぜか制服姿のミクがきょとんとした顔をして立っていた。

……幻覚じゃないよな？　一瞬、そんなことを思うくらいに、現実感がなかった。

「ミク？　なんで、ここに？」

「なんでって、英夫こそ…………あ、もしかして、あたしがいなくなって寂しくなって、ここへ来たんでしょ？」

懐かしく感じるような、いたずらっぽい笑みを浮かべた。

「まあ、そんなところだ」

「……本当に寂しかったの？」

「だからそう言ってるだろ？　ミクこそ、どうしてここに？」

「学校の補習の帰り。ちょっとだけ息抜きしてたとこ」

「へえ、真面目にやってるんだな」

「真面目ってか、サボっていた分を取り戻すんだって、休みの日なのに、ヤラされてるの」

「そうか。がんばっているんだな」

頭に手を置いて撫でると、ミクは気持ち良さそうに目を細める。

「うん、すっごくがんばってる。でも、少し疲れちゃって。だからここに来たの……英夫に会った場所だし」

照れたように頬を染めている彼女が愛おしい。ミクも俺に会いたいと思っていてくれたことが嬉しい。

「合鍵、まだ持ってるなら、俺の部屋に来ればよかったのに」

「まだって……なにそれ？　ずっと大事に持ってるし！」

「だったらなおのこと、会いに来てくれればよかったのに」

「あたしだって本当はそうしたかったけど、英夫に迷惑かけられないでしょ？」

「俺は迷惑だなんて思わないぞ？」

「迷惑っていうのは、これのことなんだよね？」

そう言ってミクが取り出したのは、手の平に収まるくらいの大きさの何かの機械だった。

「それは？」

「ＧＰＳ。ネットで、あたしが移動した経路とか、現在地とかを確認できるやつ。英夫のことは両親に秘密にしてるから、部屋に行けなかったんだよ」

「ペットにつけるようなものじゃないか……そこまでするのか？」

「今回は両親も本気で怒ってたから。ほら、あたしってば今まではそれなりに〝良い子〟だったし。でもまあ……あたしも、ここまでさせられると思わなかったよ」

深々と溜め息をつく。

「本当はこんなのどっかに捨てて、好きにしたいんだけど……後でもっと面倒くさいことになるから」

ミクは嫌そうに顔を歪めている。

「聞いている感じ、ミクってお嬢様なのか？」

「そんな良いもんじゃないってば！　まあ……家にはそこそこお金はあるかもしれないけど、あたしには関係ないし」

もともと、普段の所作の綺麗さなどに、育ちの良さのようなものは感じていた。

「……もしかして、ミクがギャルっぽくないところって、そういう家庭環境から来ているのか？」

「へ？　あたしってギャルっぽくない？」

「見た目とか言動はそれっぽいけど、良いとこの子が無理して演じてる感じがあるな……ときどき、だけど」

「え……!?　もしかして、周りのみんなにも、そんなふうに見られてたってこと？　うあああっ、嘘っ、恥ずすぎっ」

ミクは顔を真っ赤にして頭を抱えて身悶えている。

「いや、うまく擬態していると思うぞ？　俺も一緒に暮らすようになって、しばらくしてから気づいたんだし」

「擬態って……それ、褒めてないからね？」

「でも、どうしてそんなことを？」

「最初の頃は、親への反抗とか、自由にしているギャルへの憧れみたいな気持ちとかだったんだけど……」

「だけど？」

「自分じゃない自分っていうか、本当の自分になったっていうか……だんだんと楽しくなっちゃって」

「本当にそう思ってるのか？」

「え……？　本当だけど、どうして」

「本当は……どんな形でもいいから、両親に自分のことを見てほしかったんじゃないのか？」

踏み込むべきじゃなかったかもしれない。

けれど、なんてことはないと笑っているミクを見て、彼女にこんな顔をさせる両親への憤りを――我慢できなかった。

「はは……そういうのも、ちょっとはあったかも？」

「なんで疑問形なんだよ」

「んー、今はそういう気持ちはまったくないんだよね」

強がりとかではなく、本心からそう言っているようだ。

「あたしのことを見てほしいって気持ちはあったよ？　でも、今は好きな人がいる……。あたしを好きって言ってくれる人がいるから。そっちのが大切だし」

そう言うと、ミクは俺の腕に抱きついてくる。

彼女の気持ちは嬉しいけれど、本当に両親への想いとは別なのだろうか？　そんなふうに割り切れるものなのだろうか？

「変な誤解しそうだから言っておくけど、英夫のことを、両親の代わりだとか、寂しくて一緒にいてくれる人なら誰でもよかったとか、そんなことはないからね？」

「そ、そんなことは想ってないぞ？」

「それならいいけど……あたしは本当に英夫が好きだよ？　誰かの代わりとか、何かの代償とかじゃなくて、あたしがそう感じて、そう思ってるの」

自分の気持ちに正直な彼女のことだ。その言葉に嘘はないのだろう。

「だから、今は大人しく両親の言うことを聞いてるんだよ？　そうしないと、いつまで経っても英夫のとこに行けないし」

「そっか」

「でも、家と学校と予備校の行き来だけだと息が詰まりそうで……だからここに来たの。英夫との思い出がある場所——公園なら、少し休んでいただけって言い訳できるから。そうしたら英夫がいるんだもん。びっくりしちゃったよ」

「そういうことだったのか。俺もここに来たらミクがいるから驚いたよ」

俺達は顔を見合わせて笑う。

「ミク、あとどれくらい、ここにいられるんだ？」

「……今、門限もすごくうるさいから……一時間くらいかな」

「だったら、それまで話を——」

「こっち、来て」

俺の言葉を遮るようにそう言うと、ミクは腕を掴んで樹影の濃いほうへと向かう。

「お、おい、ミク？」

「……ここなら平気かな」

遊歩道や、ベンチからは少しばかり奥。周りから視線の通らない場所まで来ると、そう呟いて俺に抱きついてくる。

「ミク……？」

「久しぶりに会えたんだよ？　時間だってあまりないのに、話をするだけでいいの？」

それで、彼女が何を望んでいるのかわかった。

俺だって、そういう気持ちがなかったわけじゃない。でも――。

「ここは公園なんだぞ？　人目だってある」

「だからだよ。親だって、まさか公園でそんなことするなんて思わないでしょ？　それに、この場所なら周りから見られないだろうし」

たしかに、よほど注意深く周りを見て回るような人間でもなければ、俺達のことに気づかないだろう。

「ね、英夫……だめ、かな？」

「……だめじゃない」

俺はミクの体を抱き寄せ、唇を重ねる。

「ん、ちゅ……ん、んっ♥　英夫……んふっ、ちゅ、ちゅむ……」

ミクは小鳥がついばむように、軽く触れ合うだけのキスをくり返す。

「……今ので、十回くらいかな？」

「数えてなかったけど、それくらいじゃないか？」

「一日一回ってことにしても、会えなかった間の分を取り戻すために、もっと……しよ？」

そう言うと、再びキスをしてくる。

「ちゅ、ちゅ、んっ、んっ、んちゅ♥　ちゅ、ちゅむ……んっ、んっ♥」

唇を重ねるだけでなく、舌を使い始めた。

ちょんちょんとミクが唇をノックしてくる。彼女の求めに応じるようにこちらも舌を差し出す。

絡めるようにして舌を押しつけ、擦り合わせる。

「んっ♥　んっ♥　ぷあっ、はあ、はあ、はあ……ふふっ、これで、今までの分くらいはしたかな？」

息を弾ませながら、ミクが言う。

「したんじゃないか？」

「そうだよね？　だったら……次は、これからの分のキス、しよっか」

「それじゃ、今度は俺からするな」

軽くキスをした後、今度は頬へ。そして耳元から首筋へと唇を滑らせていく。

そうしながら上着をはだけ、露わになった鎖骨に、そして胸元にも唇で触れる。

ブラジャーを外し、解放された乳房にも口づける。

「ん、あ……キス、そんなにするの？」

「離れていた間の分と、これからまた会えない日々の分だと、まだ足りないくらいだろ？」

言いながら、彼女の前に跪《ひざまず》く。

可愛らしいヘソの周りにキスをしたあと、今度はスカートをまくりあげる。

「きゃっ⁉」

「声を出すと、誰かに気づかれるかもしれないぞ？」

「わ、わかってるけど……」

「だったらいいんだけどな」

ちゅ、ちゅむと、太ももから内ももへ。少し強めに吸いつきながら、キスをしていく。

「ん、は………んっ♥　んんっ♥　くすぐったいよ……」

「だったら、キスはこれくらいにしておこうか」

不意をつくように、揃えた二本の指で秘裂を撫であげる。

「んあっ⁉」

割れ目にパンツを押しつけるように何度も指を行き来させると、すぐに中心部分の色が変わってきた。

……これなら十分か？

確かめるようにミクの下着に指をかけると、するりと脱がした。

「あ……」

股間とクロッチ部分の間を愛液が糸を引いている。

パンツの上からしたのと同じように、割れ目にそって指を前後に動かす。

「んあっ♥　あ、あああっ♥　ん、ん……あ、ん……♥」

とろとろと滲み出る愛液で、指だけでなく手の平までぬるぬるになっていく。

淫らに濡れ光っている膣口に、そっと指先を埋め込んだ。

「ん、あ……♥」

ちゅぷちゅぷと、浅い部分を刺激するように指を出し入れしていく。

「ん、んふっ、あ、あ、あっ、んんあっ♥　あ、ふ……♥」

気持ちいいのだろう。漏れ出る声は甘さを含み、お尻が小刻みに震えている。

おまんこだけでなく、空いている手でも、すっかり勃起しているクリトリスを刺激する。

指の腹で軽く押し込み、左右に、上下にと転がした。

「ふぁあっ⁉　んんんんっ♥　あ、は……だめ、だめだめっ、そこ、感じちゃうっ、感じすぎちゃうからっ」

「うん。感じて。もっと気持ちよくなって」

もっと彼女を感じさせたい。感じてほしい。さらに指を深く挿入していく。

「あ、は……♥　ま、待って、待って……これ以上されたら、いっちゃうからぁ……」

「イっていいよ？」

「やだ」

「やだって……」

「英夫と一緒がいいの。英夫にしてほしいの……わかるでしょ？」

顔を真っ赤にしてそう訴えてくる。

「わかった。それなら……そこの樹に手をついてもらえるか？」

「ん、こう……？」

ミクは体を前傾させて樹に手をつき、俺に向かってお尻を突き出すような格好になる。

秘唇はすっかりと充血して綻び、挿入をねだるように膣口がひくついている。

彼女が欲しい。一つになりたい。

湧き上がる衝動のまま、ベルトを緩めてペニスを取り出す。

ガチガチに張り詰めている亀頭を股間に押しつけ、そのまま一気に根元まで挿入する。

「ん、くううっ♥　あ、あ、あ、いきなり……深いぃ……んんんっ♥」

おまんこが肉棒を熱く包みこみ、うねりながら締めつけてくる。

あまりに気持ち良くて、一瞬でも気を抜いたらそのまま出てしまいそうだ。

「ぐ……う」

唇を引き結んで快感に耐えながら、より深く繋がっていく。

「はあ、はあ、はあ……久しぶりだからかな？　なんか、すっごく気持ちいい……」

「俺も、すごく気持ちいいよ」

「そっか。あたしのおまんこ、気持ちいいんだ？　だったら、もっと気持ち良くしてあげる♪」

そう言うと、ミクのほうから腰を使い始めた。

お尻を左右に揺すっていたかと思うと、いきなり前後へと動きを変える。

膣襞と亀頭が擦れ合うたびに、結合部が熱を帯びていく。

「んはぁっ♥　あっ、ん、ふぅっ……！　外で……んっ、んっ、本当に……こんなとこで、しちゃってる……んあっ」

「そうだな。もしかしたら、誰かに見られているかもしれないな」

ミクの耳元に口を寄せて、羞恥を煽るように囁く。

「あ、や……だ、だめっ。こんなとこ、見られたら……恥ずかしくて死んじゃう……！」

想像したのか、ミクはいやいやをするように頭を振る。

半脱ぎ姿のミクと野外でするのは、普段とは違うスリルや興奮がある。

恥ずかしがるミクが可愛すぎて、もっとイジワルなことをしたくなってしまう。

「どうして？　ミクは綺麗で……すごくエロい体をしてるんだし、見られたっていいんじゃないか？」

両脇から手を差し入れると、乳房の大きさを強調するように持ち上げる。

「おっぱいだって、こんなに大きくて……すごく綺麗だ」

充血して膨らんでいる乳輪の縁を指で撫で、乳首を軽くつまんで引っぱる。

硬く勃起してコリついている乳首を根元から扱くと、艶声と共に全身を震わせる。

「んっ♥　あ、ああ、あっ♥　おっぱい、そんなふうにしないで……んっ、だめ……あ、あっ、見ちゃだめぇ……！」

羞恥に震えながらも、ミクは昂ぶっていく。

俺もその昂ぶりに任せて、ピストンを行った。

「だめって言っていても、ミクのここは喜んで締めつけてきてるぞ？」

「んっ、あっ、外……こんなとこで、されてるのに……あたし、気持ち良くなってる……あ、あっ、感じちゃってる……！」

「おまんこ、ぎゅうって締まったな」

「だ、だって……誰かに見られるとか、英夫がいじわる言うからぁ……」

「いじわるじゃないぞ？　そんなに声を出してたら、本当に見られるかもしれないだろ？」

俺が指摘すると、ミクは唇を引き結ぶ。しかし、すぐに耐えられなくなったようだ。

「あっ♥　んはぁっ、ん、だめ、本当に、だめなの……声、聞かれるのも、エッチなとこ見られるの、やだぁ……んっ、んっ♥」

言葉とは裏腹に、ミクはよりいっそう大胆に腰を使ってくる。

「んっ、んっ、んーっ♥　ん、はっ、はあ、はあ……んんんっ♥　は、あ……む、りぃ……声、出るっ、出ちゃう……あ、あっ」

「そんなに声を出すと、本当に誰かに見られるぞ？　それとも……見せたいのかな？」

「ちがっ、ちがうからぁ……！　あたしのエッチなとこ見ていいの、英夫だけっ、英夫だけなのっ」

喘ぎ、よがりながらミクが訴える。

「そうだ、他のやつになんて見せてやらない。ミクのエッチな姿を、俺にだけ見せてくれっ」

腰をしっかりと掴み、さらに速く、深く、おまんこを責め立てていく。

「あっ♥　ああっ♥　しゅご……あっ♥　見て、見て、エッチなあたしのこと……英夫にだけ、見てほしいのっ」

蠕動する膣襞が肉竿に絡みつき、快楽をねだってきていた。

俺はその期待に応えるように、火傷しそうなくらいに熱くなったおまんこを激しく攻めたてる。

「ああ、今のミク……すごくエッチだ！」

もっと感じて、乱れさせたい。快感によがり、淫らに昂ぶっていく姿を見たい。

「あ、あーっ♥　んあっ、英夫のおちんぽ、気持ちいい……！　んっ、んくっ、奥までじゅぷじゅぷされるの好きっ、それ……もっと、もっとぉ♥」

亀頭が子宮口に密着するほど深く突き入れる。

「んっ♥　んっ♥　んっ♥　はっ、はっ、も、もう、い、く……これいじょ……がまん、れきな……おねが、はやく、はやくぅ……！」

絶頂が近いからか、おまんこは蠕動してチンポを貪欲に求めてくるようだ。

「あっ、あーっ♥　あ、あ、あああっ♥　ん、も……むりぃ……立ってらんない……ん、んっ、んんっ♥」

足が、膝が、がくがくと震えている。力が入らず、支えられなくなっているのか、ミクは今にも座り込みそうだ。

だが、俺は彼女の腰に腕を回すと、その体を引き上げ、さらに激しくチンポをおまんこへと打ち込む。

「あっ♥　んああっ♥　それ、ずんずんって、ひでお……もう、らめ、らめぇ……あ、あっ、い、いくっ、いくぅ……！」

「あ、ああ……！　もう、すぐ。イクから、ミクも……！」

深く、速く、肉棒が膣内を出入りするたび、白く濁った本気汁が泡立ち、空気を含んで粘つく淫音を奏でる。

「あっ♥　あっ♥　うん、いくっ、あたし……いく、いくっ♥　いくいくいくいくっ！」

降りてきている子宮を押し上げるように、深く、強く、突き上げる！

「あ…………………！」

肺の中の空気を全て吐き出すような、深い吐息と共に腰が高く跳ねる。そして──。

「ふぐっ、んくううううううううううううううううぅぅっ‼」

口に手を当て、必死に声をこらえながら……ミクは達した。

「ミク……！」

びゅるううううううっ‼

ぶぴゅっ、びゅぐっ、どぴゅううううっ‼

目の前が明滅するような強烈な快感と共に、俺は彼女の中へと全てを放出する。

久しぶりのセックスだからか、自分でも驚くほどの勢いと量だ。

「んぶっ、んっ、んぐううっ、ん、ふっ♥ ぷあっ♥ あ、あ、あ、ふあああぁ………♥」

つま先立ちになったミクが、ぶるっ、ぶるっとお尻を震わせるたびに、結合部から逆流してきた精液が滴り落ちていった。


木陰の草の上に、あぐらをかいて座り込む。

すると、その俺の膝の上にミクも腰を下ろし、体を預けるように抱ついてくる。

「はあ、はぁ……ん、はぁ……結構、時間……ぎりぎりになっちゃった……」

「大丈夫か？」

「ん……あと少しくらいはへーき。だから、このままぎゅっとして……」

「……そっか」

甘えてくるミクの腰に腕を回し、彼女を抱き寄せる。

「んふふ♪　外でこんなことするなんて……英夫ってばヘンタイだよね？」

「誤解のないように言っておくが、別に外でするのが好きってわけじゃないからな？」

「そう？　あたしは、誰かに見つかっちゃうかもって、すっごくドキドキして……たまにならいいかもって思ったけど？　英夫が望むなら……また、してもいいよ？」

上目遣いに俺を見つめてくる。

興奮しなかったと言えば嘘になる。いつもと違うシチュエーションに俺も酔っていた。クセになったら、きっともっとスリルを求めるようになるだろう。だからこそ、こんなことを続けるのはまずい。

「……外でするのは、なしにしておこう」

「はぁーい。次からは、外じゃなくて……英夫の部屋で、いっぱいしようね」

唇を合わせるだけのキスをしてくる。

「そうだな。そのためにも――」

「わかってる。もう少しの間、ちゃんと〝良い子〟をがんばっておくから」

公園でミクと偶然に再会をしてから、またしばらくの時間が経った。

今もまだ、会えない日々が続いている。けれど、以前よりも少しはマシな状態になっているのは、彼女との再会の約束があったから……だけじゃない。

先日、ミクから連絡があったのだ。いきなり会社の俺の個人アドレス宛にきたので、そのことにはちょっとばかり驚いたが。

『俺の連絡先、教えたっけ?』

『最初に会ったときに名刺をくれたじゃん』

というようなこともあって、今はスマホでメッセージアプリを介して、ミクとやり取りをしている。

『でも、よく許可が出たな』

『言ったでしょ? 学校でも家でも、ちゃんと〝良い子〟をしてるって。それで、スマホを使ってもいいことになったんだよ……といっても、まだ制限付きだけどねー』

『俺と連絡してても大丈夫なのか?』

『それは平気。使うのは、家にいるときだけって約束させられてるんだ。そのぶん、その間に何をしているかは気にしてないみたい』

『……GPSも大概だったのに、スマホでもそんなことをしてるのか。相変わらずだな』

『あはは……まあ、そういう人達だから』

通話は両親に会話を聞かれたりすると面倒なことになる。

基本的には、文字だけのやり取りだ。

『それに、今は定期試験中だから、真面目に勉強してると思ってんじゃない？』

『試験って……大丈夫なのか？』

『あ、もしかしてあたしのこと、おバカな子だと思ってる？』

『そんなことはないぞ？　ただ、家出中も勉強はしてなかったんだろ？』

『大丈夫♪』

『まったく説得力のない、大丈夫だな』

『信じてくれてもいいのにー。あ、でも、明日はちょっと苦手な科目なんだよね。ここを乗り切れば、成績で文句は言われないと思うんだけど』

『それだと、他の教科は問題ないみたいに聞こえるぞ？』

『だったらテスト用紙が返却されたら、見せたげるね』

『期待しないで待っているよ』

『もう……素直に、会いたいからがんばれって言ってくれてもいいんだよ？』

『そうだな。早く会えるようになるといいな』

他愛のないやり取りが楽しい。だが、文字だけでは足りない。話をして、触れ合いたい。

『……成績がよくなったら、少しは制限が緩むのか？』

『んー、たぶん。前と同じくらい無関心な感じになるまでは、もうちょっとかかりそうだけど』

『……本当に表向きのことだけなんだな』

『うん。前はそういうとこが嫌だったけど……今は、感謝してもいいと思ってる』

強がりとかではなく、本心から言っている感じがする。

『ま、ミクちゃんのがんばりに期待しててよ。試験の結果がよかったら、週末に遊びに行く許可をもぎとるから、デートしよ♪』

『期待しないで待ってるよ』

ミクの学校の定期試験が終わったのは数日前。そろそろテストの結果が返却されてくるはずだよな。

少し前に『テスト結果が出たら連絡するから、ちょっとだけ待ってて』とメッセージが来てから、しばらく反応がない。

自信はあったようだが、やはり休んでいた間の影響が大きかったのだろうか？

思っていた以上に悪くて、両親の締めつけが強くなってスマホを取り上げられたとか？

悪い想像ばかりが浮かび、やきもきした気持ちのまま、俺は仕事をこなしていた。

――ポコン。

　メッセージが届いたことを通知する、間の抜けたような音。それを聞いて、俺は許可を取って自分の机から離れた。

　スマホを確認すると、そこには高得点のテスト用紙数枚と、満面の笑みを浮かべているミクの自撮り写真が送られてきていた。

『テストの結果でたよー』

『すごいじゃないか』

『でしょでしょ？　あたしのこと見直した？』

『見直した。疑っていて悪かった』

『それじゃ、お詫びに今週の休みの日にデートしよ？』

『……大丈夫なのか？』

『うん、友達と遊びに行くってことになってるの。だから……夕方くらいまでしかいられないけど』

『それじゃ、がんばったお祝いしないとな』

『期待してるね♪』

　そんなやり取りを経て、今週末はミクとデートをすることになった。

忙しく過ごしていたはずなのに、いつもよりも長く感じた平日を乗り越え、やっと迎えた休日。

彼女と待ち合わせをした場所に、約束の時間よりもかなり早く着いてしまった。

やることもなく、俺は行き交う人達を眺めていた。

流石に休日だけあって、人の往来も多い。若い子達の比率が高いようで、自分が場違いな存在だと感じ始めた頃だった。

「あれ？　英夫、なんでもういるの？」

約束の時間の20分ほど前にやって来たミクは、俺の顔を見て目を丸くしている。

「……知ってるだろ？　休みだからって、他にやることなんてないからだよ」

「それだけ？　それだけじゃないでしょ？　素直に言っちゃいなよー」

ミクは口元をによによとさせて、俺の顔をのぞきこんでくる。

「ミクだって、ずいぶん早かったみたいだけど？」

「そんなの、早く英夫に会いたかったからに決まってるじゃん」

まっすぐな好意を向けられて、俺は顔が熱くなるのを感じていた。

「そ、そんなことよりも、どうして制服姿なんだ？」

「『友達と遊ぶだけなら、校則通りに制服で行きなさい』だって」

「ああ……」

両親の指示か。

「それで、さっきの続きだけど、英夫はどうして約束の時間よりも早く来ていたのかなー？」

「ミクに会いたかったからだよ」

「んふふっ♪　最初からそう言えばいいのにー」

上機嫌に笑うと、ミクは俺と腕を組んできた。

気にしないようにしていたが、周りは同年代のカップルばかりだ。少しばかり気まずく感じてしまう。

「……また、どうでもいいこと考えてない？」

半眼になってミクが俺を軽く睨んでくる。

「英夫のことだから、あたしと年が離れてるとか、そんなこと気にしてるんでしょ？」

「……その通りだ」

こうしてやり取りをしている間も、ミクを気にしている男達の視線を感じる。

彼女のほうはそんな視線にも慣れているのか、気にした様子もない。

「もう、しかたないなー。本当はのんびりあちこち行ってからにしたかったけど……」

ぐっと腕を引かれたかと思うと、ミクが俺の耳元に口を寄せてくる。

「……ふたりきりになれるとこ、行こ？」

「ここなら周りのことを気にせずに好きにできるでしょ？」

ミクに連れられてきたのは、繁華街から少し外れた場所にあるラブホテルだった。

ミクが制服姿なので大丈夫かと思ったが、特に問題なく入れた。

その辺りの緩さは助かったのだが……。

「ミク、ＧＰＳは大丈夫なのか？」

「このビル、下にカラオケボックスが入ってるでしょ？　ストレス発散でずっと歌ってたって言えば大丈夫」

「……用意周到だな」

「そんなことないよ。デートでどこに行こうか調べていたときに、たまたま見付けただけだから」

「あー、その……デートのことはごめん。俺が気にしすぎだとは思うんだが……」

「そうそう、気にしすぎだよ。あたしらのこと、ちゃんと見てくるような人なんていないって」

「いや、いるぞ？　待ち合わせ場所でも、ここへ来る途中でも、ミクのことを見ている男、いっぱいいたからな？」

「ふーん、そうなの？」

「興味なさそうだな」

「うん、他の男なんて興味ないし。あたしが好きなのは英夫だけなんだよ？」

熱っぽい瞳でそんなことを言われては、何も言えなくなってしまう
「ねえ、英夫は？　英夫は、あたしのことどれくらい好き？　ほら、大きさとか高さとか深さとか、なんでもいいから例えてよ？」

期待に目を輝かせながら、ミクが言う。

デートをちゃんとできなかったのだ。だから、ここは嘘偽りなく、ちゃんと答えるべきだろう。

「愛してる。誰よりも」

「……っ」

俺の言葉に、ミクの顔が一瞬で赤く染まる。

「言っておくが、冗談とかじゃなく、本気で言ってるからな？」

「そ、そか……えと、えへへ……あ、ありがと」

ふにゃりと照れ笑いをする彼女は可愛らしい。

「さて、それじゃがんばったご褒美は、どんなことがいい？　今日は難しいなら、次のデ

ートのときにでもするけど」

「すごく嬉しいことを言ってもらえたから、もう十分だよ？」

「いや、俺は自分の気持ちを口にしただけだし、ミクががんばってテストを乗り越えたのは別だろ？」

「んー、じゃあ、会えなかった間の分、いっぱい甘えさせて？」

そんなミクの願いを聞いて、たくさん甘えさせることにした。

とはいっても、膝枕をして、頭を優しくなでるとか、ぎゅっと抱きしめてキスをするとかいった、些細なことばかりだった。

「……なあ、こんなことでいいのか？」

「こんなことがいいの。一緒に暮らしてたときはいつでもできたのに、今はふたりきりにならないとできないことでしょ？」

「それはそうなんだけど……」

「んー、英夫こそ、あたしとしたいことないの？」

「ミクとしたいことか……」

言われてみれば、彼女とこうして一緒にいるだけで、かなり満足している。

「たとえば……今までにしたことのないエッチとか」

そう言うと、ミクは自分の爆乳を強調するように、両脇を締めて寄せあげる。

より深くなった谷間と柔らかなそうな膨らみに、半ば強制的に視線を奪われる。

「おっぱいで、してあげよっか？」

「なんでそんなことに……？」

「だって、さっきからずっと誘ってるのに、英夫ってばエッチなことしてこないし。だから……あたしからすることにしたの」

そう言うと、ミクは俺に見せつけるようにして、胸元をはだけていく。

ブラを外すと、たぷんっと重たげに揺れながら乳房が露わになった。

大きいのに崩れず、美しい曲線を描く双丘。薄桃色の先端はツンと上向いている。

何度も見て触れているが、やはり見惚れてしまう。

「そんなにじっと見て……英夫って、あたしのおっぱい好きすぎじゃない？」

「……うん、すごく綺麗だ」

「あはは……そんな顔で言われると照れちゃうね」

「でも、本当にそう思ってるからな」

「じゃあ、綺麗だって褒めてくれたおっぱいで、英夫のおちんちんのこと、いっぱい気持ち良くしてあげる♪」

俺の前に跪くと、ズボンのベルトを緩めてファスナーを下ろしていく。

今からその大きな乳房で奉仕をしてもらえると思うと、否が応でも体が反応する。

「わ。すっごくおっきくなってる……そんなにしてほしかったんなら、もっと早くしてあげればよかったね」

ガチガチに勃起しているペニスが、柔らかな膨らみに挟まれた。

「ん、しょっ……んふふっ、おっぱいの間でびくびくしてる♥」

彼女がぐっと胸を寄せると、いやらしく形を変える乳肉がさらに強調される。

その魅惑的な光景に、俺の目は釘付けだった。

「このまま動かすんだよね……んっ、んっ……こんな感じかな……？」

反応を確かめているのか、上目遣いで俺の顔を見ながらおっぱいを上下させる。

「んっ、んっ、ふ……どう？　気持ちいい……？」

「ああ……気持ちいいよ」

「しゃせーしそうなくらい？」

気持ちいいと言ったのは嘘じゃないのだが、俺が満足していないことを、お見通しのようだ。

「それだと、少し刺激が足りないかな」

「ん、そっか……もっと速くすればいいのかな？」

そう呟くと、体ではなくおっぱいだけを上下に動かし始めた。

「んっ、んっ、んっ、んふっ、んっ、んっ、んっ、んんっ」

体を使わず、おっぱいだけでやるには、ある程度以上の胸のサイズが必要な方法だ。

ミクは巨乳を越えた爆乳だから、何の問題もなく、おっぱいを上下に揺すって肉棒を扱いてくる。

「んっ、んっ、んっ、んふっ♥　んっ、んっ、どう？　おっぱいで挟まれて、擦られて……気持ちよくなってきた？」

俺の反応をうかがいながら、ミクはたぷたぷと胸を上下させる。

「う……あっ」

絹のような滑らかな感触と、心地のよい圧力に思わず声が漏れる。

「はあ、はあ……うん、気持ちいい……」

「そっか。それなら……もっともっと気持ち良くしてあげるね。んっ、むぎゅー♪」

両脇から乳房を寄せてくる。圧力を増し、より隙間なく密着してくる。

わずかに汗が滲んでいるのか、しっとりとした肌はまるで吸いついてくるかのような感触だ。

柔らかくも、すべらかなおっぱいに包まれ、擦られている。

それだけでも、射精しそうなくらいに興奮している。

「わ、びくってした。びくって。なんだか、ちょっと楽しくなってきたかも」

俺の反応に気をよくしたのか、ミクはさらにおっぱいを上下させる。

「んっ、んっ、んふっ、はぁ、はぁ……これ、思ったよりも大変かも……んっ、んっ、はあ、はぁ……んんっ」

俺の手からも溢れるほどのボリュームのある乳房を、小さな手で一所懸命に上下左右へと揺すっている。

「大変なら、これくらいで……」

「やだ。英夫、あたしのおっぱい好きって言ったよね？　だから、ちゃんとイクまでするの！」

どうやら譲れない思いがあるようだ。

「それに、先のとこからトロトローって、先走り滲んでるよ？」

俺を感じさせていることが嬉しいのか、ミクは胸だけでなく全身を使って刺激してくる。

そのたびに、ゾクゾクした刺激が背筋を這い、自然と声が漏れていた。

滲み出るカウパーが量を増していく。

ミクはチンポを擦りあげながら、胸の谷間から顔を出している亀頭に鼻先を寄せて息を大きく吸う。

「んっ、んっ、んっ……ん、すぅ、はぁ……おちんちんの……エッチな匂いが濃くなってきた……んっんっ、んんっ」

ミクは淫臭を嗅いで頬を染め、その表情を蕩けさせていく。

　どうやら俺を責めながら、彼女も興奮しているようだ。

「んっ、んふっ、はっ、はっ、んっ、んっ……おちんちん、どんどん熱くなってきてる……ねえ、射精しそう？　出ちゃいそう？」

「気持ちいいけど……まだ、そこまでは……」

「そっか。これでも足りないんだ。だったら……」

　ミクは口を大きく開いて、舌を軽く突き出す。薄桜色の舌を伝って、唾液がとろりと糸を引いて胸の谷間から顔を出しているペニスに滴っていく。

「こうして……んっ、んっ、ん、これなら、さっきより、うまく擦れるから……んっ、んふっ、おちんちん、気持ちいいでしょ？」

　ぬちゅぬちゅとねばっこい音を立て、胸の谷間をペニスが行き来する。

「……だんだんと気持ちよくなってきたかな」

「ええ〜、それだけ？　だったら、こうやって……んっ」

　ミクは胸の脇に手を添えて左右から寄せる。乳房の作り出す谷間が深くなり、肉棒が完全に包みこまれた。

「このまま、おちんちんを擦って……」

　根元から先端まで、ミクのおっぱいに包まれ、挟まれ、扱かれる。

「ん、はあ、はあ……んっ、んふっ、んっ、んっ……いつも、こんなに硬くておっきいのが、あたしの中に入ってるんだ……」

そんなことを言われると、どうしたって彼女とのセックスを思い出してしまう。

熱く濡れた粘膜に包まれ、襞《ひだ》と擦れる刺激と、うねりながら締めつけてくる膣道の快感。

「はあ、はあ……さっきよりおっきくなってない？　何か、エッチなことを考えちゃった？」

からかうような笑みを浮かべて聞いてくる。

「ほら、先走りもいっぱい出てきた♪　ね、気持ちいい？　よくなった？」

「ああ……すごく、気持ちいい……」

「そっか。じゃあ……このまますから……あたしのおっぱいに、いっぱい出して」

そう言って、さらに責め立ててくる。

「はあ、はあ、はあ……んっ♥　んあっ♥　あ、ああ、んんっ♥」

気づけば、ミクは白い肌を桜色に染め、汗を滲ませていた。

熱心に奉仕をするほどに、触れ合う肌は熱を帯び、彼女の甘い香りが濃くなっていく。

「んっ、んっ♥　んっ♥　はあ、はあ、んっ、んっ、んっ♥　いっちゃ、いっちゃえ……英夫、あたしのおっぱいで、いっちゃえ♪」

パイずりのリズムに合わせるように、ミクが言葉でも煽ってくる。

「いいよ、ね？　出しちゃお、おっぱいで擦られて、びゅるびゅる射精しちゃお？」

俺が限界に向かっているのを感じているのだろう。

追い立てるように肉竿を乳肉で挟み、包み、擦り、射精を促してくる。

「我慢なんてしなくていいの。ね？　ほら、出して、出して、英夫のせーえき、いっぱい出してっ」

たぷたぷたぷっ。ミクが体を揺する。その動きにわずかに遅れるように乳房が揺れ踊る。重たげに上下するおっぱいの先端が、薄桃色の軌跡を描く。

「う、あ……！　ミク、もうっ！」

「ん、いいよ、出して、出して、いっぱい…………射精、しちゃえ♪」

ミクはおっぱいの脇に手をそえ、ぎゅっと左右から寄せると、今まで以上に大きく、速く上下させる。

「う、くううっ！」

一気に強まった刺激に、俺は限界を超えた。

びゅぐっ、びゅるるっ、どぴゅっ、びゅぐうっ!!

「わ、出てる……おっぱいの間で、熱いの、いっぱい出てるの……感じる……ん、はぁぁ……」

目尻をとろりと下げ、嬉しそうに口元を緩めている。

「あ、あ……ミク……く、ううっ！」

最後の一滴まで全て放出するように、勢いよく精液が迸った。

「ひゃうっ⁉　あ、あっ♥　出てる……んんっ♥」

胸の谷間に、顎や頬に、そして顔にまで白濁が飛び散っていく。

「ん……すごい、英夫の精液、いっぱいかけられちゃった……」

乳房だけでなく、いたるところに俺の精液が飛び散っている。

「英夫のエッチな匂い……ん、はむ、ちゅ……」

指で精液を拭い取ると、ミクはそのまま口に含んだ。

「ご、ごめん。ミク、すぐに拭き取るから、そんなことしなくていいんだ」

射精後の心地よい脱力感の中にいた俺は、慌てて手近にあったティッシュを手に取る。

「変な味……ふふっ♪」

くすくすと笑いながら、ミクは精液に塗れた指をしゃぶる。その艶やかな唇と……淫らな姿に刺激され、射精したばかりのペニスが再び硬くなっていく。

「ね、英夫。今度は……あたしのこと、気持ちよくして？」

予定を繰り上げるようにしてホテルに入ったのに、終わったときにはお昼どころか夕方に近かった。

「英夫……ちょっとがんばりすぎ……気持ち良かったけど、疲れちゃった……」

パイずりをしてもらったお返しというわけではないが、少しばかりやり過ぎてしまったようだ。

さすがに疲れたのか、ミクは俺の腕を枕にして横たわる。

幾度もの絶頂の余韻もあってか、びくっびくっと体を震わせている。

「あー、その……ごめん」

「いいんだけどね。でも……今日はおっぱいばっかりだった」

「そ、そうか？」

「そんなにあたしのおっぱい好きなんだ？」

「おっぱいなら誰でもいいわけじゃなくて、ミクのおっぱいだから好きなんだぞ？」

「ふふっ、そういうことにしておくねー」

からかうように笑いながら、ミクはむにゅんとおっぱいを押しつけてくる。

その感触を楽しみ、味わいながら彼女を抱き寄せる。

「……あたし、本当は家になんて帰りたくない。英夫と一緒にいたい。ずっと、こうしていたい」

思わずこぼれてしまったというように、ミクが呟く。

「俺も、ミクを帰らせたくない。このまま一緒にいたい。でも……」

「うん、わかってる。そんなことしたら、英夫に会うことも禁止されそうだし」

「……うん」

「早く、大人になりたい」

「焦らなくていい。俺なら、ちゃんと待ってるから」

「それは信じてるけど、週に一回しか会えないんだよ？　会えない時間が寂しいのはあたしだけじゃないよね？」

「前はひとりでいるのがあたり前だったけれど……部屋にミクがいないと、寂しいよ」

そう言って、彼女を抱く腕に力を込める。

彼女を帰したくない。このまま、前と同じように一緒に暮らしてほしい。

そんな気持ちが伝わったのか、ミクも強く抱きついてくる。

「……ミク、そろそろ門限の時間だよな？」

「……うん」

名残を惜しむように、ミクが体を離す。

「今度、今日の分もデートをしなおそうな」

「うん。楽しみにしてる」

「家のそばまで、送って行くよ」

「ありがと。でも、親に見つかると、何を言われるかわかんないから」

「じゃあ、せめてタクシーを呼ぶから、それに乗っていってくれ」

「もう、過保護すぎない？」

くすくすとミクが笑う。

「でも、嬉しい♪」

そう言うと、ミクが軽くキスをしてくる。

「会えない間も、たくさん連絡するね」

「ああ、待ってる」

第五章 爆乳ギャルの気持ち

繁忙期。それは、早朝出勤と終電間際の帰宅の日々。

いつ終わるとも知れぬという状況ならば心もへし折れるだろうが、忙しい期間はほぼ決まっているし、その後はほとんど定時帰りとなる。

年間を通してみれば、死ぬほど忙しいのは一ヶ月、長くても二ヶ月に満たない程度だ。耐えられないほどではない。

もっとも、毎日30分くらいの残業をするなんて形ならば、さらによかったのだが……。会社もそうしたいだろうが、こればかりは変えようもないのだろう。

それに、何度もくり返して経験を重ねていけば、乗り越えることにも慣れてくる。

とはいえ、キツいことに変わりはないが、今回の繁忙期は、前のときよりも前向きに乗り越えることができた。

理由？　そんなのは一つしかない。

地獄のような忙しさを乗り越え、明日からは代休と有給でしばらく休むことができる。

そして、その間はミクと過ごす約束を交わしているのだ。

足取りも軽く自宅へと急ぐ。

明かりのついていない部屋を見て、わずかに寂しさを感じるが、それにも慣れた。

ズボンから鍵を取りだし、玄関を開ける。

「ただいまー」

ミクと暮らしていたときに習慣になっていた挨拶と共に、部屋に入る。

「おっかえりー!!」

「うわあっ!?」

暗かった部屋が急に明るくなって、楽しげな声が俺を出迎える。

「ミ、ミクッ!?　あれ？　来るのは明日って言ってなかったっけ？」

「来ちゃった♪」

「来ちゃったって……家は大丈夫なのか？」

「大丈夫……って言いたいけれど、今日はここに居られるのはあと2時間くらいかな」

「そうか。でも、会いに来てくれて嬉しいよ」

思いを伝えるようにミクを抱きしめる。

「英夫とこういうふうに抱き合ったりするの、久しぶりだね」

そう言って、甘えるように俺の胸に顔を埋め、背中に腕を回してくる。

互いの温もりだけを感じるように、しばらくの間、俺達は無言で抱き合っていた。

「……ね、英夫。疲れてるでしょ？　お風呂、沸かしておいたから入ってゆっくりしたらどう？」

「んー、お風呂に入ると眠くなりそうだな」

「だったら、先にご飯にする？　自分の家だとやることないから、煮込み系とか漬け込む系とか、手間のかかる料理を作っておいたのを、今日は持ってきたの」

「それは楽しみだな」

「すぐに用意するね♪」


「……で、最近はどうなんだ？　学校とか」

「ぷふっ、あはははっ」

俺が尋ねると、ミクは声をあげて笑う。

「あれ？　何かおかしなことを聞いたか？」

「おかしくないけど……なんか、ひさしぶりにあった娘を相手に、何を話していいのかわからないお父さんみたいな感じだったんだもん」

「そ、そうか？」

「うん。友達が言ってたお父さんにそっくりだった」

「……そうはいっても、本当に気になっていたことだからな」

「んー、大丈夫だよ。今は無遅刻無欠席でやってるし、定期試験も学年で10位以内だったし」

たしか、ミクが通っているのは、それなりに名前の通っている私立だったはず。

そんな中で、それだけの結果を出しているのか。

「……俺の学生時代より優秀だな」

「家にいると、勉強と料理以外は、ほんとにやることないんだもん。それに、成績さえ良ければ、親も安心してあたしのことを放置できるでしょ？」

「……両親とは、相変わらずなのか」

「そうだね……って、そんな顔しないで」

顔に出ていたのか、かえってミクに気遣わせてしまったようだ。

「前は〝親の愛情〟に、期待していたところもなかったわけじゃないけど、今はそういうのもないし」

「あっさりしているな……」

「そう？　あたしの両親は、親には向いてなかった人達なんだって、わかるようになったからかも」

「……そうか」

「うん。あたしのことはどうでもいいみたいだけれど、それでもちゃんと学校行って、暮らしていくのに困らないようにお金を出してもらっているし、そこはマシかなーって」

「前向きだな」

「こんなふうに考えられるようになったのは、英夫と会えたからだよ？」

「そうなのか？」

「そうなの」

俺がミクに何か影響を与えた……と言われて思い返しても、エロいことしかしてないような気がする。

「なーんか、また難しいこと考えてない？」

「いや、俺がミクにしてやれたことって、何かあったかと思って……」

「そういうとこだよ♪」

「よくわからないんだが……」

「あたしがわかってるからいいの。それに、あたしはあたしの理想の——望んだ形の夫婦になって、家庭を作って、幸せを目指すことにしたから」

そう言って、ミクがじっと俺を見つめてくる。

彼女は家庭環境について絶望していない。

……俺ならばきっと、一生結婚なんてしないと考えそうだな。

「強いなミクは」

「違うから。それ、あたしが望んでいた返事じゃないから。ここは『俺達ふたりで幸せになろうな』って言うとこでしょ？」

冗談ぽい口調だが、ミクの目は真剣だ。

だから俺も、嘘をついたり誤魔化したりせずに答える。

「そうしたいとは思っている。でも……本当に、相手が俺でいいのか？」

「それ、前にも言ってたよね？　あたしは、英夫がいいよ。英夫と一緒がいい」

ミクは迷いなくはっきりと答えた。

「ありがとう」

「英夫こそ、あたしでいいの？」

「同じように言えばいいか？　俺はミクがいい。ミク以外の誰かとなんて、考えられない」

「それじゃ、あたしも……ありがと。すごく嬉しい」

俺達の想いは、言葉を交わしてはっきりとした。

「じゃあ、さっそく明日にでも婚姻届を――」

「いやいや、一足飛びに過ぎるだろっ」

「ふふっ、わかってる。これからのほうが大変だよね。卒業後ならともかく、今すぐに結婚なんて、両親も絶対に認めないだろうし」

「……だろうな。俺が親だったとしても、反対はするだろうし」

いくら互いに望んでいるとしても、すぐにミクとの関係を一歩進めるというわけにはいかないだろう。

「だったら、今はそばにいて、あたしのことだけを見ていて」

今はふたりでいられることを、共に過ごすことができる時間を大切にしていくしかない。


休みの間だけでなく、平日もタイミングの許す限り、俺達はふたりの時間を積み重ねていった。

もちろん、ミクは両親や学校に目をつけられないように、辛抱強く〝良い子〟を続けていた。

俺の仕事とは違い、その終わり——解放されるのがいつになるかもわからないのに、ミクは折れることなくやり続けていた。

そして、やっとある程度の自由行動が許されたと連絡が来たのだった。

「そろそろ、だよな……」

久しぶりに部屋に泊まれると、ミクから連絡があったのは昨日の夜だ。

休日だというのに、朝早くに目が醒めてしまい、落ち着かない気分を紛らわせるように掃除や片付けをしていると、ミクが部屋へとやって来た。

「英夫、ただいまっ！」

「おかえり、ミク」

そう言って出迎えると、ミクは俺の胸に勢いよく抱きついてくる。

「やっと、好きに出歩けるようになったよ～」

ミクは甘えるように、俺の胸に頭をグリグリと押しつけてくる。

「いつもはあたしのことなんてどーでもいいくせに、今回は本当に長くて、面倒くさかったぁ……」

「でも、よく許可が出たな」

「推薦取って、あの人達の言うとこに進学できるようになったからだよ。試験はほとんど満点だったけど、内申のせいでギリギリだったみたい。これで失敗してたら、まだまだダメだったかも」

「そ、そうか……それは本当に大変だったな」

「英夫に会いたかったから、頑張ったんだよ？」

上目遣いに見つめてくるミクの頭を優しく撫でる。

「ありがとう、俺のために努力してくれて。それと、少し気が早いかもしれないけれど、合格おめでとう」

「えへへ♪　ありがと。これからは、毎日でも泊まれるからね」

「でも、両親とのことを考えるなら、卒業まではちゃんと家から学校に通って、時間のあるときにだけ会いに来てもいいんだぞ？」

「そんなの、やだ」

ミクが軽く睨みつけてくる。

「ねえ、英夫。やっと自由になったのに、あたしと一緒にいたくないとか言わないよね？」

「言うわけないだろ？」

「本当に？」

「本当だ。でも、また同じようなことをしていたら、ご両親は今度こそ許さないんじゃないか？」

「それなら大丈夫。あとは卒業までの間、ちゃんと毎日学校に行って、今の成績を維持してれば平気」

「ＧＰＳは？」

「アプリを、もう解除しといた。どうせ、もう見ることもないだろうし」

結局のところ、彼女の両親にとっては『自分達の世間体』が重要なだけだということだ。

真面目で成績も良く、手のかからない娘。

そうでさえあれば、一緒に暮らす必要もないのだろうか……。

「あと、進学に合わせてひとり暮らしをするって言ったら、それは二つ返事でOKだって」

「ひとり暮らしするのか？」

「え？　しないよ？　仕送りだけもらって、英夫と一緒に暮らすに決まってるじゃない」

「それこそ、大丈夫なのかな？」

「大丈夫だよ。絶対に部屋を見に来たりしないし」

家族公認——とはいかなかったけれど。

黙認ではあるが、以前と同じように同居……いや、同棲をすることになった。

なし崩しに始まったときとは違い、今度は俺と彼女が望んで一緒に暮らすようになったのだから、同棲と言ってもいいだろう。

「あたしが一緒に暮らすのは、嫌？」

「嫌なわけないだろ。嬉しいよ」

「信じてあげる。でも……英夫には、あたしがいないと生きていけないってこと、ちゃんとわかってもらわないとだめかな？」

「へ……？」

ミクが挑発的に言うが、すでにそうなっているので、今更だ。

もっとも、彼女が何をしようとしているのかは興味がある。なので、俺も同じように挑発するように返事をする。

「わかってもらうって……どうやって？」

「そんなの決まってるじゃん。こうやって、だよ♪」

半ば押し倒されるように、ベッドの上に仰向けとなった俺の腰の上に、ミクが跨がってきた。

「まずはぁ、エッチするのに邪魔だし、服を脱いでもらおっかな♪」

楽しげに言うと、ミクは俺の着ていたシャツのボタンを外していく。

「服を着たままでも、できるだろ？」

「そうだけど、着たままするより、裸でくっつき合ってしたほうが気持ちいいでしょ？」

「たしかにそうだな」

伝わってくる体温や、すべらかな肌の感触。一つに融け合っていくような悦びは、直接、触れ合ったほうが深く感じることができる。

彼女の言葉に納得している間に、俺はすっかり服を脱がされ、そしてミクも身に着けていた服を脱ぎ捨てていた。

「うん？　どうしたの？」

俺の視線に気づき、ミクが小首を傾げる。

「いや、たしかに裸のほうがいいけど、脱がせるのは俺がしたかったかなって」

「それは次かな。今日は、英夫にはあたしが必要だってわからせるためのエッチだから♪」

「そういえば、そういう話だったっけ」

「そういう話だったでしょ？」

ミクは俺の胸に手を置くと、ゆっくりと撫でていく。

「う……」

くすぐったくて軽く首をすくめると、ミクは目を細める。

「くすぐったい？　でも、くすぐったいだけじゃないでしょ？」

胸を撫でていた手を脇へ、そして腰へと下ろしていく。

「触れるか触れないかくらいの感じで、体中を優しく撫でていくの……これ、英夫がエッチのとき、あたしにしてるやり方だよ？」

たしかに俺が彼女を愛撫するときは、同じようにしていた。

「最初はくすぐったいの。でもね、好きな人に撫でられて、触られていると、だんだんと気持ちよくなってくるから」

指を立てると、肌の上を撫でていく。

ぞわぞわとした感じが背筋を這う。だが、それよりも——。

「う……ぷはっ、ふふっ……」

「あれ？　気持ちよくない？」

「男と女の差かもしれないな。気持ちはいいけど、くすぐったいほうが強いかな」

「んー、じゃあ、ここは……？」

指の腹を使って、胸──乳輪をなぞるように撫でてくる。

くすぐったさに体を捩って刺激から逃れようとするが、ミクはそれを許さない。

こちらの反応を見ながら、指の腹で乳輪をくるくると撫でて、さらに責めてくる。

「ふふっ、男の人も乳首が硬くなるんだね……ここを、くにくにって擦って……左右に転がして……」

「う、くっ」

「んふ♪　気持ちよくなってきた？　英夫があたしのおっぱいにするみたいに、あたしも英夫のおっぱいを気持ちよくしてあげるね……」

俺の胸に顔を寄せてくると、ちゅ、ちゅ、とついばむようにキスをする。

「ちゅ、ちゅむ、ぴちゅ、れろ、ぴちゅ、ちゅ、れろっ、れる……んふふ、英夫のおっぱい、ぬるぬるになってる……れるるっ」

キスだけでなく、舌先でつつき、唾液を塗りつけるように舐められる。

これは、ちょっと気持ちいいかも……。

されるよりも、したいと思うけれど、たまにはこういうのもいいかもしれない。

「れろ、れるっ、ちゅ、ちゅぴ……んっ♥　ふふっ、英夫、おちんちん、がっちがちになってるよ？」

勃起して反り返った肉棒が、ミクのお尻に当たっている。

「こんなになってるんだから……したくなったよね？　ううん、してほしいんだよね？」

熱っぽく潤んだ目で俺を見つめ、ミクはペニスを尻に敷くようにして座り直した。

「ん……♥」

自らチンポに股間を押しつけると、腰を軽く前後させる。

「あ、ん……んんっ♥　あ、あ、あ、んあっ♥」

目を閉じ、熱っぽく喘ぎながら、さらに強くおまんこを擦りつけてくる。

「ん、はっ♥　はあ、はあ……ね？　英夫、したいって、入れたいって、言って？」

俺を責めているはずなのに、ミクのほうが先に我慢できなくなってしまったのだろう。

「それは……」

わざと躊躇うように返答を引き延ばすと、ミクはますます淫らに腰をくねらせる。

「はあ、はあ……ね？　ほら、したいよね？　おちんちん、こんなになってるんだもん……んっ、んっ♥　ね？　おまんこに入れたいでしょ？」

ぬちぬちと粘つくような水音を立て、滲み出る愛液を肉棒に塗り広げていく。

……これ以上は、ただの意地悪だな。それにミクの言う通り、したくてたまらないというのは事実だ。

「ミク、したい。ミクの中に入れてほしい」

「はっ、はあっ、はあ、ん……♥　やっと、言ってくれたぁ……いいよ、しよ？　エッチ、しよ？」

待ちわびていたとばかりに、ミクは肉竿をしっかりと掴む。

「ん、ん、これ……ちょうだい……英夫のがほしいの……」

尻を軽く動かして位置を調整していると、亀頭がクリトリスと強く擦れた。

「んふぁっ⁉」

ゾクゾクと体を震わせたかと思うと、膝が砕けたかのように腰を下ろしてきた。

「んっ‼　あ、ふぁあああああっ♥」

いきなり深く繋がったからか、ミクは軽く達したようだ。

「はぁっ、んあっ、はっ、ん……♥　あふっ♥　おちんちんが、おまんこの奥、当たってるの……わかる？」

「……ああ、わかるよ」

熱く包まれるような感触。おまんこが――膣道がうねうねと蠢き、チンポをしっかりと締めつけてくる。

「はあ、はあ……んっ、英夫ので、いっぱいになってる……」

繋がっている部分は熱く、腰は動かずとも膣はうねり、チンポを刺激してくる。

繋がっているだけでも、十分過ぎるほどに気持ちがいい。

だが、ミクは繋がったままの状態で、まったく動かない。

「ミク？」

「ちょっとだけ、待って……足に力、入らなくて……」

生まれたての子鹿のように、足をぷるぷるさせている。

「だったら、俺がしようか？」

「だ、だめっ。あたしがするの……！」

最初に言っていたように、俺にはミクが必要なんだと証明をするつもりなのだろう。

……そんなことをする必要なんてないけれど、彼女の想いをむげにはしたくない。だから俺は、ミクが動けるようになるのを待った。

「はあ、はあ……これなら、大丈夫そう……。それじゃ、するね。英夫のおちんぽ、気持ちよくしてあげる♪」

ミクはそう言うと、腰を使い出す。

最初はゆっくりとして、小刻みに上下するように。そして、少しずつ大胆に、速く。

「んっ、ん、あふっ♥　あ、ふあぁ……♥　どうしてこんなに気持ちいいの……んんっ♥

ん、はぁっ、あぁっ……♥」

可愛い顔を快感に蕩けさせ、ミクは腰を使う。

チンポを締めつけながら、根元から先端までを扱きあげていく。

「はあ、はあ、んっ♥ あたしとエッチするの、気持ちいいよね？ あたしがいないと、だめでしょ？」

挑発するようなミクは少し生意気だが、そんなところもかわいらしい。それに実際、その気持ちよさには間違いがなかった。

「ああ……気持ちいいのは、ミクとしているからだろうな」

「ふふっ♪ それじゃ、もっともっとしてあげる。ん、はぁ、ああっ♥」

ミクは腰を完全に下ろし、チンポをより深く咥えこむ。

「ん、ああ………♥」

子宮口――ポルチオを刺激すると、ミクが切なげな吐息をこぼす。

同じところが当たるように、何度も擦れるように、ミクは腰をくねらせる。

「あっ♥ んあっ♥、あ、あ、あっ♥ ん、ごりごりって当たってる……ここ、気持ちいい……ん、ああっ♥」

感じるところに当たるのか、ミクは気持ち良さそうに喘ぐ。

まるで本当に乗馬をしているように体を上下に弾ませるたび、大きな乳房が上下に踊る。

「すごい……」

「あ……もう、そんなに見ないでよ……」

　思わず呟くと、ミクは恥ずかしげに自分の胸を抱きしめるように腕を組む。

　抑え込まれた大きな双丘がむにゅりと形を変える。それがかえって扇情的で、さらに俺の興奮を誘う。

「んあっ⁉　あ、な、なに？　おちんちん、びくってなった……あ、あっ♥　あ、や……当たるとこ、変わって……んんっ♥」

　反り返ったペニスが、ミクのヘソの裏、Ｇスポットの辺りを擦るたびに、吐息がさらに艶を帯びる。

　その表情や仕草で、彼女がどんどんと昂ぶってきているのがわかった。

　もっと、もっと感じさせたい。

　そして――ミクが言っていたように、ミクがそうしようとしていたように、俺でなくてはならないと感じてほしい。

　深く強く膣奥を叩き、浅く速く入り口付近を擦りあげる。

「んあっ、あっ♥　あっ♥　あ、あっ♥　んあああっ♥」

　ひっきり無しに嬌声を上げながら、ミクが昂ぶっていく。

「はっ、あっ♥　んっ♥　ま、まって……激し、激しくなって……んっ♥　あ、あっ♥」

　うねり、締めつけてくるおまんこを、チンポが激しく出入りするたびに、ぶるんぶるんと擬音が聞こえてきそうなくらいに激しくおっぱいが揺れ踊る。

だが、ミクはもうそのことを気にしている余裕もなくなっているようだ。

「あ、あ、あっ♥　きもち、い……むり、もう、だめ、だめぇ……んああっ♥　ん、ああっ♥」

ミクは目尻に涙を滲ませ、口の端から涎をこぼしている。快感に蕩け、だらしなく緩んだ顔。彼女にこんな表情をさせているのは俺なのだ。

そう思うと、さらに興奮が高まる。

体を支えられなくなったのか、胸を隠していた手を俺の胸につく。

「んっ、んっ、あっ♥　あっ♥　い、いいっ、それ、されると、わけ、わかんなくなる、なっちゃうから……んんんっ♥」

腰を打ちつけるように上下させるたびに、結合部から聞こえてくる淫音が大きくなっていく。

彼女の感じやすい場所はわかっている。突き上げ、擦り、快感を引き出し、より高めていく。

「いいよ。もっと感じて。ミクも一緒に気持ちよくなろう！」

ベッドのスプリングがギシギシと軋む音を響かせながら、腰を上下させる。

「いいよ、ミク。感じてるとこ、見せて。気持ちよくなっていいからっ」

そう言いながら、ミクの弱いところを責めたてる。

「ふああっ⁉　あ、ああっ♥　だめ、なの……んあっ♥　あたし、なしじゃ……いられないって……そう思ってもらうの……だから、これじゃ、だめ、だめなのにぃ♥」

そういえば、最初にそんなことを言っていたっけ。

けれど、ミクはわかっていないのか？　それとも、自信がないのだろうか。

「……そんなの、もうずっと前からそうだよ。俺は、ミクがいないとだめなんだ」

彼女にそう告げると、きゅっとおまんこが締まった。

「あ、だ、だめっ。今、そんなこと言われたら……あたし、もう、もうっ、気持ちいいの……がまん、できない……あっ♥　あっ♥」

「我慢なんてしないでいいからっ。そのまま感じて……一緒に、イこうっ」

ミクの腰に手を添えると、一気に動きを速める。

それでなくとも熱くなっていたおまんこは、さらに熱を帯び、繋がっているだけで火傷しそうなくらいだ。

亀頭と膣襞。粘膜同士が激しく擦れ合い、淫らな音を立てる。

「んあっ♥　あっ、あっ♥　いっしょ、いっしょが……いいのに……あたし、いきそ……英夫、きて、きて……だして……あたし、イクまえに、いっぱい、射精してぇえっ‼」

「くあぁっ！　う、ミクっ‼」

たまらず、俺は達していた。

びゅるびゅると射精をしながら、最後の一押し——子宮口を強引に押し広げるように深く、強く突き上げる！

「ひぐっ」

短く呻くと同時に、ぐうっと背中を反らした。

「ふあああああああああああああああああああああああっ!!」

長く喘ぎながら、ぶるっ、ぶるっと体を震わせる。

「ああ、あああああああっ♥　あはあぁぁ…………♥」

まるで糸の切れた人形のように脱力すると、ミクは俺の胸に倒れこんでくる。

「う、わっ!?」

「はっ、はっ……あ、あふっ、はあ、はあ……ん、はあぁぁ…………♥」

彼女の体を慌てて受け止め、呼吸が整うまでの間、ずっとそうして抱きしめていた。

ぽか、と握った手が俺の胸を軽く叩く。

「ミク……？」

今度は、ぽかぽかと続けて。

「うう、うう～、あたしなしじゃいられないって証明するつもりだったのに、これじゃ逆じゃない」

不満げに頬を膨らませて、さらにぽかぽかと胸を叩いてくる。

力が入らないのか、それとも力を入れていないのかわからないが、可愛いだけで、衝撃もない。

「ええと、逆っていうことは……ミクは俺がいないとだめってことか？」

「………わかってて、からかってんでしょ？　言ってあげないっ」

ぷいっと顔を背けてしまう。

どうやらご機嫌を損ねてしまったようだ。

「……それで、どうなの？　英夫は、あたしと一緒にいたくなった？」

言葉こそ強気だが、視線や態度には不安がある。

これだけ一緒に過ごしているのに、俺の気持ちがわからないのだろうか？

そんなことを思って、すぐに改める。

相手が何を思い、どう考えているのか想像することはできる。けれど、それが正しいのかどうかはわからない。

「愛してる。だから、俺とずっと一緒にいてほしい」

彼女の体を強く抱きしめて、耳元で囁いた。

「も、もう、またこういうときに言う……」

「だめだったか？」

「だめじゃないし！　っていうか、いつだって、何度でも、そういうこと言ってほしいなって……」

「照れくさいんだよ。それに、ミクだってあまり言わないだろ？」

「あたし？　そういえばそうかも。でもね……あたしだって、英夫のこと大好き。世界で一番、愛してるからね？」

抱き返してくる腕に力を込めて、ミクは幸せそうに微笑った。


「ミク、そろそろ出ないと、遅刻するぞー」

「あ、待って、待って。すぐに用意するからっ」

パタパタと忙しく部屋の中を行き来していたミクが荷物を片手にやっと出てきた。

「昨日のうちに用意していなかったのか？」

「寝る前にするつもりだったんだけど……英夫が、あんなにするからじゃない」

昨日は一緒にお風呂に入って、少しばかり盛り上がり、眠りについたのは日付が変わってからだいぶ経ってからだった。

「あー、その……ごめん」

「いいけどね。あたしだってしてほしかったし。でも、学校がある日は、もうちょっと手加減っていうか、回数減らしてほしいっていうか……」

「減らすだけで、してもいいんだ」

ややからかい気味に尋ねると、ミクは顔を赤く染めながらも腕を組んでくる。

「……だめだなんて言わないから」

なんでこんなに可愛いんだろうな。

誰かと一緒に暮らし、こうして共に部屋を出るようになるなんて、思ってもいなかった。けれど、今は彼女が隣にいない日々のほうが想像できなくなっている。

「それじゃ、行こうか」

「うん♪」

ふたりで揃って玄関を出る。自宅に比べてミクの登校時間が早まったのは、俺の部屋からだと学校が遠くなったのも理由の一つだ。

駅へと向かう道を少しだけ外れて、公園の中を抜けていく。

通勤、通学時間ということもあって人も少なく、散歩気分で歩くことができる。

「今日は何時くらいに終わるの？」

「定時あがりの予定だから、いつもくらいかな」

「そっか。じゃあ、帰ってきたら一緒にお買い物に行かない？」

「帰りに待ち合わせたほうがいいんじゃないか？」

「英夫はそれでいいの？　あたし、制服になると思うよ？」

前はミクとふたりでいることを見られ、咎められるかもしれないことを警戒していた。

「……結婚する相手なんだから、誰にはばかることもないだろ？」

そう言ってミクの手を握ると、彼女は一瞬、驚いた顔をした後、嬉しそうな笑顔を見せる。

「じゃあ、英夫が帰ってくる時間くらいに、駅で待ってるね」

「終わったら連絡するよ……って、ミクこそ学校は大丈夫なのか？」

「大丈夫……っていうか、周りは受験一色なんだよね。みんなの邪魔はできないでしょ？」

「受験とか就職とかどうでもいいから、卒業まで遊んで過ごそう！　みたいなのはいないの？」

「いるけど……あたし、そういうグループの子達とは、あんまり仲良くないんだよね」

「……ミクって、ギャルに向いていないんじゃないのか？」

「そ、そんなことないし！」

「でも、まあ……気兼ねなくふたりで過ごせるのなら、それでいいか」

「そうそう。そのためにあたしもがんばったんだから」

ミクがぐっと胸を張る。

仕草は可愛らしいが、制服越しにも爆乳が強調されて、つい目を引き寄せられてしまう。

「そういうのは、帰ってきてからね？」

ちゅっと不意打ち気味にキスをしてきたミクがいたずらっぽく笑う。

公園の中とはいえ、犬の散歩やランニングをしている人達の姿もちらほらとあるのだ。

「ミ、ミクっ⁉」

「行ってきまーすっ」

ミクは大きく手を振りながら走って行った。


「ちょっと買いすぎちゃったかも……」

部屋に戻ると、ミクが持っていた荷物を置く。

「そうだな……まあ、こういうのは俺がいるときじゃないと、重くて大変だし、いいんじゃないか？」

米や調味料なんかの入っている袋をミクに手渡すと、テキパキと片付けていく。

「ふたりぶんって大変なんだな。いつも、家のことを任せっぱなしで悪いな」

「んー、あたしは好きでやっていることだから気にしないでいいよ。あ、でも、それなら謝るよりも、褒めてほしいかな」

「褒める……ミクは可愛いとか、スタイルがいいとか、そういうのか？」

「違うし！　そういうのじゃなくて、料理を作ったら『美味しい』とか、綺麗にしてたら『気分がいい』とか、そういうの！」

「ああ、なるほど。これからは思ったら言うようにするよ」

小さなことかもしれないけれど、自分がどう思っているのか伝えるのは重要だ。

「あ、でも言葉だけじゃなくて、時々はご褒美もほしいかも」

「ご褒美？　どんなことがいい？」

「んー、くっついて一緒にゴロゴロするとか？」

「それって、ご褒美になるのか？」

「それじゃ、試してみる？　英夫、こっちに来て。ここに座って！」

ポスポスとベッドを叩くミクに促され、俺は言われるままに腰を下ろす。

「それで、あたしはここに……っと」

座っている俺の足の間にお尻を入れるように、ミクが腰を下ろしてくる。

「えへへ♪　英夫、このままの格好で、あたしのことぎゅーって、して。ぎゅーって」

腰に腕を回し、ミクをぎゅっと抱きしめる。

「これだと、俺にとってもご褒美みたいなものなんだけれど……ミクはこれでいいのか？　どこかへ遊びに行きたいとか、何か欲しい物があるとか、そういうのでもいいんだぞ？」

「んー、それはまた今度かな。今は……英夫にくっついて、甘えたい気分なんだよねー。だから、これがいいの」

「そっか」

「それに、時間を気にせず、他のことを考えずに、ふたりでこうして過ごすのって、すごく贅沢なことでしょ？」

両親を納得させるために、ミクが実家に帰っていた間のことを思い出す。

彼女と一緒にいられて、話すことができて、こうして触れ合える時間は、たしかに他に代えがたい贅沢だと言える。

「……そうだな」

「わかった？　じゃあ、あたしのことをいっぱい甘やかしてね？」

「さっさ言っていたみたいに褒めるとか？　いや、それよりも愛の言葉を囁くほうがいいかな？」

からかうようにミクに尋ねた。だが、思っていたのと違う反応が返ってきた。

「あ、そういうのもいいかも！　英夫、言って言って♪」

ミクはかなり乗り気のようだ。

少しばかり気恥ずかしいが、可愛らしいわがままだ。それくらいは叶えてあげたい。

「言われ慣れていると思うが、見た目がいいよな。美人寄りの可愛い顔をしていると思う」

「ふぇっ⁉」

「美人は三日で飽きるなんて言葉もあるが、ミクのことはいくらでも見ていられる。スタイルも良いし、容姿のことだけを取っても――」

「ま、待ってて、待ってて」

「ギャルっぽく振る舞っているけれど、意外と真面目なところとか、家事全般も万能なこととか、後は――」

「もういいっ、いいからっ！」

彼女の制止を無視して話し続けていた俺の口を、ミクが手を伸ばしてふさいでくる。

「……ちょっと……っていうか、すごく恥ずいんだけど！　英夫、褒めすぎじゃない？」

「……れろっ」

「ひゃうっ⁉」

手の平をべろりと舐めると、ミクが驚いたように腕を引っ込める。

「事実を言っただけだ。それにまだ言い足りないくらいだぞ？」

「『相手の好きなところを具体的に言えるのは、打算』とか『言葉にできるうちは本当の愛じゃない』とか言うやつらがいるが、俺にしてみれば、何を言っているんだという感じだな。好きならば相手の良いところをいくらでも言葉にすることができるだろう。説明をしないのは、ただの怠慢でしかなく――」

「うん、ごめん。あたしが悪かったからっ。これ以上、言わなくていいからっ」

　これまで見たことがないくらいに、ミクは真っ赤になっている。

「自分で振っておいてなんだけど、英夫、そういうことを言うのって、恥ずくないの？」

「もちろん、恥ずかしいぞ？　明日になったら、思い出してベッドの上でゴロゴロと転がり回ることになるだろうな」

「あはは……。そっか。でも、そんな思いをするようなことをちゃんと言ってくれたの、嬉しい」

「さっき気づいたんだよ。自分の気持ちを、もっとちゃんと伝えるべきだって」

「でも、いきなりそんなふうに、色々なことをたくさん言われても……こ、困る」

「言葉だけじゃなく、態度や行動でも示すべきか？」

「今、いっぱいいっぱいだから！　急にそんなふうにされても、受けとめきれないから！」

「そうだな。少しばかり焦っていたかもしれない」

「そうそう。そういうのは、ゆっくりでいいの。これからはずっと一緒なんだし」

「そうだな」

　ミクと離れていた間に、彼女にちゃんと伝えたかった言葉や気持ちが溢れてしまったようだ。とはいえ、羞恥に悶える姿も可愛かったので、時々は同じようにしてもいいかもしれない。

「はぁ……。まだ、胸がドキドキしてる。もう……ご褒美をもらうつもりだったのに……」

「ご褒美のやり直しをするか？」

「……する」

「ぎゅっとして、ゴロゴロするのでよかったんだっけ？」

「そう、それ！　それで良かったのに、あんなに言われたら……」

やっと赤みが引いてきていたのに、また顔が真っ赤になってしまう。

「と、とにかく、英夫はあたしのことをぎゅーっとしてるだけ！　一緒にベッドでごろごろするだけだから！」

俺は頷くと、ミクを抱いたままベッドに横たわった。

「はふ……これでいいの。これだけでいいんだよ……」

そう言って、安心したように体を預けてくる。

10分、20分。彼女が満足するまでは付き合うつもりだったのだが、ときおり腕の中でモジモジと体をくねらせる。

「落ち着かないみたいだけれど、ぎゅっとするのやめるか？」

「えと……もうちょっとご褒美もらってもいい？」

「よくわからないけど、いいぞ」

「英夫、スローセックスって知ってる?」

「たしか、繋がったままの状態で抱き合ったまま動かずにいるセックスだっけ?」

「……してもらってもいい?」

「いいけど、ちゃんとしたやり方は知らないぞ?」

「あたしも詳しいことは知らないし、英夫ともっとくっつきたくて、甘えたいだけだから」

「そうか。じゃあ、してみようか」

「……うん」

抱いていた腕を解くと、ミクの服を緩めていく。

胸元を露出させ、ショーツも下ろしてしまってから、さっきと同じように抱き合う。

「ん……♥　肌を触られると……もっと英夫とくっついてる感じがする。こうしてるの、気持ちいい……」

「たしかに気持ちいいな。でも……」

「でも?　こういうこともしたいんだよね?」

いたずらっぽく笑いながら、むっちりとした太ももの間にペニスを挟んでくる。

「うあっ!?」

「わ。こんなになってたんだ……。んっ、んっ。この格好だと、動きにくいかも……ん、ふっ」

半ば感心したように呟き、ミクは腰を小さく捩り、前後させ、チンポを刺激してくる。すべらかな太ももの間で、ペニスが擦られると、それだけでもジンジンとした快感が腰奥から湧き上がってくる。

「ね、英夫も……動いてもらえる？」

「あ、ああ。こうか？」

ミクの動きとリズムを合わせながら、腰を軽く揺する。

太ももと股間のつくり出す三角形の空白地帯。そこを肉竿が前後する。

張り詰めた亀頭が秘裂と擦れ合い、それが快感となっているのか、ミクのおまんこが少しずつ湿り気を増してくる。

「はあ、はあ……これくらいで、いいかな？　ね、英夫……大丈夫だから、これ……あたしのおまんこに入れて？」

「この格好のままだと、ちょっと入れにくいな」

「ん……どうしよっか？」

「こうして――」

ミクの膝の裏に手を入れて、足を抱えあげると、綻びつつあった秘裂にチンポを宛がう。

濡れてはいるが、まだほぐれきっていないおまんこに、ゆっくりとチンポを挿入していく。

「ん、あ…………ふあっ♥ 体位のせいか……いつもと、感じが違うね……」

「あ、ああ、そうだな」

たしかに擦れるところは違う。けれど、熱さも、濡れて吸いついてくるような感触も、うねる動きも、かわらずに気持ちがいい。

亀頭が膣奥へ当たるまでしっかりと挿入した所で、動きを止める。

「この状態のまま、じっとしてればいいのかな？」

「うん……たぶん、そうだと思う……」

肌と肌が触れ合い、深く繋がっている実感もある。

普通のセックスのような快感はないけれど、これはたしかに悪くないかもしれない。

今までのセックスとは違い、穏やかな、そして緩やかな快感がずっと続いているような感じ。

これはたしかに、お互いを求め合い、絶頂へと向かう激しいセックスとは、まったく方向が違うな。

ミクとただ繋がったまま、一時間？ いや、二時間ほどこうしていただろうか？

ミクは何度かの軽い絶頂を得ているようだ。ときどき、びくびくと体を震わせ、甘く喘いでいる。

「ん、んんんっ！」

ミクが全身をブルブルと震わせると同時に、おまんこがきゅっと締まった。

「……イッたのか？」

「はあ、はあ……ん、また……イッちゃった……じわじわーって感じで、ん、はぁ……何回もきて……」

少しばかりぐったりしている。

俺はほとんど動いていないが、何度も達していれば体力も消耗するだろう。

「そっか。そろそろ終わりにする？」

「ん、だめぇ……英夫はまだでしょ？　このまま、続けよ？」

抜きかけていたチンポを咥えこむように、お尻を押しつけてくる。

俺のほうも完全に勃起したままではないが、やや柔らかくなっても、ずっとおまんこに包まれて刺激され続けているので気持ちはいい。

いいのだけれど、射精するときほどの快感はない。

だから、ミクが満足したらそこで終わりにしようと思ったのだけれど……。

「じっとしてるの、もういいから……英夫も、動いて……あたしのおまんこで、気持ちよくなって……」

「……いいのか？」

「うん。こんなふうにしてるのも好きだけど……あたしは、やっぱりいつもみたいなのが……英夫にいっぱいされるほうがいい、かも」

「……じゃあ」

「しよ？ ううん、してほしいの。たぶん、何度も軽くイってるの……お腹の奥がきゅんきゅんして……こんなの、ずっとなんて……我慢できないよ……」

とろんとした顔で、淫らなおねだりをしてくる。

「……わかった。スローじゃない、セックスをしよう」

そう告げると、俺は太ももの裏から手を入れて、彼女の足を軽く抱え上げた。

半ばまで埋まっていた肉棒をより深く、彼女のおまんこを満たすように奥へと押し込んでいく。

「ん、う……！ あ、奥まで……英夫の、いっぱいになって……ああっ、んあっ♥ はうぅ、んんっ♥」

先端が膣奥に当たると、ぞくぞくっとミクが細い肩を震わせた。

「んはぁっ♥ あ、ん、ふぅっ……英夫、ん……」

ミクは緩やかに突かれながら、気持ちよさそうな声を漏らしていく。

「あっ、ふっ、んぅっ……」

後ろから抱きしめる彼女の身体は細く、それでいて気持ちいい柔らかさを備えている。

「ん、はぁ……♥　ああっ……もっと、ぎゅっとして」

「ああ」

ミクを抱きしめ、ゆっくりと腰を動かして穏やかに快感を高めていった。

「は……♥　あ、あ、あっ♥　んあっ、あんっ♥　んんぅっ、は、あ……♥」

じんわりとした快感から、粘膜同士が擦れるような鋭い刺激へと変わってきた。

お尻に腰を押しつけるように深く繋がり、彼女の足をしっかりと開かせたままペニスを引き出す。

ちゅぐっ、ちゅぶっ、じゅちゅ。肉棒が出入りするたびに、濡れて粘つく淫音が響く。

出して、入れて。彼女の中を余すことなく擦りあげていく。

「んっ、んっ、あ、あ、あ、お腹、全部……擦れてる……あ、あっ、ああっ♥」

添い寝をしているような格好では、他の体位に比べて動きにくい。

けれども、時間をかけて、じっくりと体を慣らし、昂ぶらせていた後だからだろうか。

いつもよりも敏感に反応して、ミクが甘い吐息をこぼす。

「ここ、擦られるの好きだよな？」

ヘソの少し下の辺り——Ｇスポットの付近を強く擦りあげる。

いつもと違うところへの刺激に、ミクは軽く戸惑いながらも昂ぶっていく。

「あっ♥　あっ♥　お腹のとこ、ごりごりってぇ……んっ、そこ、擦れるの、だめっ♥　だめなのっ♥」

「だめじゃなくて、気持ちいいんだよな？」

腰をくねらせ、逃れようとしているかのようだ。けれど俺は、ミクの足をしっかりと抱えてそれを許さない。

ざらつく膣壁をゴシゴシと擦るようにチンポを行き来させる。

「あっ♥　あっ、んあっ、あ、は……♥　ゆっくり、なのに……あっ、いつもより、ぞくぞくって……気持ちい……んあっ♥」

たしかに、いつもよりもおまんこの中が熱く、襞が絡みついてくるように感じる。

うなじから首筋にくり返しキスをしながら、鼻先を髪に埋める。

より濃くなったミクの香りを胸いっぱいに吸い込むと、頭がくらくらするほどの興奮を、そして抑えようもない昂ぶりを覚える。

強まった抵抗に逆らうように、チンポの出入りをより深く、速めていく。

チンポを深く押し込んで膣奥を叩き、引き出すときは、膣口が山型になるように盛り上がる。

出して、入れて。少しずつ速く、だんだんと激しく、彼女の中を行き来する。

「あああーっ♥　んあっ、んっ、んっ♥　あ、は♥　あ、あ、あっ♥　い、いいっ、それ、気持ちい……あ、ああっ♥」

頭を左右に振りながら、途切れることなく嬌声を上げる。

しっかりと抱きしめている体はすっかり桜色に染まり、うっすらと汗を滲ませた肌はしっとりと吸いついてくるようだ。

「あっあー♥　あああああっ♥　ま、まって……！　これいじょ、されたら……また、いくっ、あたしだけいっちゃう……！」

「ミク、俺も……もうすぐだからっ！」

「はっ、はっ♥　んっ、んっ、出して、出してっ、いっしょ、いっしょがいいっ、もう、もうっ」

おまんこの中がうねり、肉竿を締めあげられる。

痛いくらいの刺激に、火傷しそうな熱に、快感が高まっていく。

「う、ミクっ！」

体奥深くまでチンポを挿入し、子宮口を押し擦るように突き上げる。

「ん、ひうっ⁉」

ミクが跳ねるようにのけぞる。

「ふあああああぁぁああああぁぁぁぁぁぁっ♥♥♥」

「くううっ‼」

どぴゅるっ、びゅぐびゅぐううっ‼

おまんこを満たし、それでも足りないとばかりに結合部からも精液が逆流してくる。

「はあぁぁっ♥　あ、あああっ♥　ん、はあぁぁ……♥　あ、ああっ♥」

脱力した体を、びくびくと小刻みに震わせながら、深く息を吐いた。


「最後は、スローセックスって感じじゃなかったけど、気持ち良かったかも……」

俺の腕を枕にしていたミクが、苦笑気味に呟く。

「次のときに、もう一回挑戦してみるか？」

「んー、しばらくは、もうしなくてもいいかな。ああいうのも嫌いじゃないけど、あたしはやっぱりいつもみたいなほうがいいし」

ミクは胸を押しつけるように抱きついてくる。

「激しいくらいのほうが、あたしのこと求められてる、英夫に愛されてるーって感じられるし♪」

「そうか、だったらもう一度、するか？」

「えと……うん」

ミクが恥ずかしげに頷いた瞬間、くうぅぅっとお腹が可愛らしい音を立てる。

「あ……」

「先に食事にするか」

「あはは……。ごめんねって、ご飯の用意とかお風呂の支度、洗濯物の取り込み、忘れてた……」

買い物をして戻ってきてから、すぐにこんなことしてたからな……。

「風呂の支度と洗濯の取り込みと畳んで片付けは俺がやっておくよ」

「それじゃ、急いでご飯の用意をするね」

家のことを手分けしてすることで、ひとりでないのだと、これからもミクと一緒に過ごすことができると、胸の中が温かくなるのを感じていた。

エピローグ ふたりだけの幸せ

　しとしとと雨が降る中、傘を手に自宅へと向かう。

　雨が降っている日は、気も滅入ることが少なくなかったが、今日は足取りも軽く、自分でも浮かれているのがわかる。

「ただいまー」

「おかえりなさーい」

　明るく出迎えてくれたのは、恋人のミクだ。

「英夫と会うの、すっごく久しぶりって感じがする」

「俺もだよ」

　彼女とこうして顔を合わせて話をするのは、一月ぶりくらいだ。

　受験の結果が出るまで、彼女の勉強の邪魔をしないように、ミクとはメッセージのやり取りだけをして過ごしていた。

「合格、おめでとう」

「それ、何度もメッセージもらったし、電話でも言ってくれたじゃん」

「顔を合わせて言うのは、今日が初めてだろう？　それにおめでたいことなら、何度だって祝ってもいいじゃないか」

「ふふっ、そういうとこ、英夫らしいよね。ありがと、嬉しい♪」

「それにしても、ミクは俺が思っていたよりも成績が良かったんだな」

ミクの進学先は、あの両親が許可しただけあって、俺が通っていたところよりもランクも上だ。

「英夫の部屋から通えるとこで、親にうるさく言われないとこって、あそこしかなかったから、がんばったの」

結局、ミクとミクの両親の関係は変わらなかった。

だが、彼女がそのことで悩んだり、苦しんだりすることは、ほとんどなくなっている。

「ま、そんなことよりも、急いで帰ってきたんでしょ？　雨で濡れて、寒かったんじゃない？」

ミクが強引に話題を変えてくる。

「そうだな。ちょっと冷えてる感じはするな」

ミクと出会ってから数ヶ月が過ぎ、季節は本格的な冬を迎え、すっかりと寒くなった。

雨の降る中に帰ってきたこともあって、体も冷えている。

「お風呂、沸かしておいたから。入ったらどう？」

「おお、ありがとう。助かるよ」

「じゃ、服を脱いで。あたしも一緒に入って背中流してあげるね♪」


体に溜まった熱を逃すように、俺達はタオル一枚だけを身に着けている。

少しばかり長湯となったけれど、すっかり体も温まった……というか、少しばかり温まり過ぎたかもしれない。

「ちょっとのぼせちゃったかも……」

「俺もだよ……」

最初は純粋にお互いの体を洗い合っていたのだが、途中から盛り上がってしまった。

最後のほうは、互いにイカせ合うような状態だったからな……。

「あんなことまでするなら、そのままエッチしても良かったのに……」

ミクが潤んだ目で、俺を見上げてくる。

そんな顔をされては、俺もがまんできなくなってしまう。

「……食事は後にしようか」

そう言って、彼女の体を優しく横たえる。

「ふふっ……ベッド、英夫の匂いがするね……」

「っと、気になるか？　洗濯したのは……ちょっと前だったからな」

「このままがいい。だって、英夫の匂いに包まれているみたいで、すごく安心する……」

そう言って、ミクが抱きついてくる。

「俺は、久しぶりにミクの匂いを嗅いで、すごくドキドキしているよ」

「ドキドキしているのは、あたしもおんなじだよ？」

そう言うと、ミクが俺の首に腕を回し、キスをしてくる。

唇を重ね、舌を絡め合い、唾液を交換する。

「ん、ちゅ……はあっ♥　はあっ、ん、ふっ、はあ、はあ……英夫、積極的じゃない？」

「……そうかな？　いや、そうかもしれないな」

「あたしと会えなくて寂しかったから？」

からかうような笑みを浮かべ、俺の顔をのぞきこんでくる。

「繁忙期だったから早出から終電間際まで仕事、仕事、仕事で……寂しいと思う間もないくらいだったよ……」

「うわ、急に目が虚ろになった!?」

ミクはそう言うと、その大きな胸に俺の頭を抱きしめる。

「よしよし、大丈夫、大丈夫。明日からはゆっくりできるんでしょ？　のんびりしようね」

彼女の香りと胸の柔らかな感触。そして伝わってくる温もりに癒やされていく。

「……ごめん。見栄を張った。忙しさでごまかしていただけで、本当はミクに会えなくて寂しかった」

忙しくしている最中も、いるはずもない彼女の姿を、声を、無意識に探している自分がいた。

「えへ♪　そっかそっか。あたしにあえなくて寂しかったんだー」

嬉しさを抑えきれないというように、ミクが口元をによによと緩める。

「あたしもね。会いたかった。ずっと我慢してた。だから、すごく寂しかったよ」

ミクの腕に力がこもる。

「これからは一緒にいられるだろ？」

「ふふっ、そうだね。でも……今日は、一緒にいられなかった分まで、たくさんエッチしよ？」

耳元で甘くねだられ、抑えていた気持ちが弾けた。

「んんっ!?」

少し強引に唇を重ねる。

尖らせた舌先を彼女の口内へと差し入れ、そのまま舌を使う。

「ん、んんっ♥　ちゅ、ちゅぴ、ちゅむ、ぴちゃ、んっ♥　んふっ♥　ん、んんっ」

ミクも応えるように舌を伸ばし、絡めてくる。

ただ、キスをするだけでどうしてこんなにも満たされ、幸せな気持ちになるんだろう。

「ミク……好きだ。ミク……」

「ん、ふぁ……あたしも、好き、大好き……」

互いに気持ちを伝え合いながら、離れていた時間の分を取り戻すようにキスをくり返す。

「んっ、んふ……ぴちゅ、ぬりゅ、ちゅむ、ちゅ……ん、好き……ん、ふ……ん、んっ」

舌と舌を重ね、ぬるぬると擦り合わせ、絡め合いながら唾液を交換する。

「ふぁ……！　ん、はっ、はっ、はぁ、はぁ…………」

ミクは息を乱し、頬を染めて俺を見上げてくる。

「あたし……英夫とキスするの好き……キスされるの、大好き……」

そう言って微笑う彼女が、愛おしくてたまらない。

「もっと、キスしていいか？」

「いいかなんて聞かないでいいよ……もっとしよ。ううん、もっとしてほしい……」

俺からミクに。ミクから俺に。互いに唇を重ねる。

「ん、んっ……♥　ふぁっ、はあ、はあ……英夫、して？　英夫のこと、いっぱい感じさせて？」

ねだってくるミクにキスで応え、痛いくらいに張り詰めているチンポを秘裂に押しつける。

すっかり熱く濡れている秘裂に、肉棒を擦りつける。

「んっ、ん……あ、んっ♥ 英夫のおちんぽ、いつもよりおっきくない？」

「ミクだって、ここ……お漏らししたみたいにすごいことになってるぞ？」

充血してふっくらとした陰唇を押し広げながらペニスを前後させるたび、くちゅくちゅと粘つくような水音が聞こえてくる。

「んっ♥ は……んっ。ねえ、英夫。もう、いいよ……もう、いいからぁ……」

腰を軽くあげてミクが訴える。

久しぶりだから時間をかけて――なんて考えは、一瞬で吹き飛んだ。

「するな」

「……うん。あたしのここ、英夫でいっぱいにして……」

ミクは自らの股間に手を這わせて割れ目を左右に広げた。

ひくつく膣口から、白っぽく濁っている愛液が滲み出している。

その淫らな姿を前に、頭がくらくらするような興奮を覚える。

竿をしっかりと掴むと、淫らな穴をふさぐように、奥深くまでひといきに突き入れる。

「ふあっ♥ ん、んうううっ!!」

亀頭が膣奥を叩くと、ミクの体がぶるっと震えた。

「はあ、はあ……ん、入れられただけで……イっちゃった……」

目尻を下げ、とろりとした笑みを浮かべた。

こうして繋がっている間も、ミクのおまんこはきゅうきゅうとチンポを締めつけ、うねうねと蠕動している。

「ミクのおまんこ、すごく気持ちいい……！」

痺れるような快感と心が満たされていくような喜びに、すぐにでも達してしまいそうだ。

だが、すぐに終われない。終わりたくない。もっと彼女を感じたい。深く、繋がっていたい。

「……このまま、動くぞ」

湧き上がってくる衝動のまま、俺は熱く濡れた蜜壺をかき回していく。

ちゅぶっ、ぐちゅっ、ちゅぶぶっ、じゅちゅ、ちゅぐっ。結合部から粘つくような淫音が響く。

「んっ、んっ……すごい、エッチな音してる……あたしのおまんこ、喜んでる……！」

痛いくらいに強く、ミクが抱きついてくる。

「好きっ、好きっ、英夫、大好きっ」

彼女も言葉通りに、想いを形にするように、俺の腰に足を回し、絡め、より深く、強く密着してくる。

「俺も、好きだ。ミクのこと、大好きだっ」

言葉を重ねても、気持ちの全部が伝わらない。そんなもどかしさがある。

だからこそ、こうして俺達は体を重ねるのかもしれない。より強く抱き合い、より深く繋がるために。想いを伝え、知るために。

「ミク、ミク……！」

「あ、んあっ、あっ、いいっ、気持ちいいっ……どうして、こんなに気持ちいいの……？」

「俺も、いい。すごく気持ちいいっ」

これは自分でしているときには感じることのできない気持ち。

相手を思う気持ちが、思われる気持ちが、快感を増幅していくようだ。

「あ、あ………ん、ああっ♥　んっ、んっ、ああっ、い、いいっ♥　あんっ、んあっ、あ、ああ……いいっ♥」

ひっきりなしに喘ぎ、息も絶え絶えになっているミクにキスをする。

「ん、んちゅ、ちゅむ、んっ、しゅぎ……もっと、もっと、いっぱい、キスぅ……んっ♥　ちゅむ、ちゅっ♥」

彼女から積極的に舌を伸ばし、貪るように絡ませてくる。押しつけ、舐め回し、吸いつく。互いの口元を濡らし、こぼれる吐息さえ漏らさないように求め合う。

口付けを交わしながら、腰の動きも止めない……いや、よりいっそう勢いを強め、激しさを増していく。

「ちゅ、んむっ、はあっ、はあっ、あっ♥　い、いいっ、きもひ、いいっ、あっ♥　おちんぽ、しゅごいっ、きもち、よくすぎて……んっ、んんっ♥」

おまんこがうねり、チンポを締めあげながら絡みついてくる。

抵抗に逆らうように、抜ける直前から根元まで使ってチンポを出し入れする。

「しゅご……おかし、おかしくなっちゃ……ああ、あああっ！」

抱きついてくる腕に、腰に絡む足に力がこもる。

汗の滲んだ肌と肌が触れ合う、よりはっきりと彼女の温もりや香りを感じながら、どんどん昂ぶっていく。

もっと、もっと激しく。もっと、もっと強く。

彼女の膣道を余すところなく全て擦りあげていく。

「あっ♥　いっ、それ……気持ちい、んあっ♥　ふあ、あ、いいっ、いいっ……あ、あくっ♥　ふあぁあっ♥」

腰の動きをさらに速め、浅い場所を速い動きで擦り、奥をゆっくりと、けれども強く突き上げる。

「あ、あっ、あっ♥　あああっ♥　んあっ♥　あ、あ、あ、あ、あっ♥」

亀頭と膣壁による摩擦が熱と、強い快感を生み出す。目眩さえするような強烈な悦びが、全身へと広がり満たしていく。

「あ、くっ、ミク……俺も、もう……！」

「んはぁっ♥　あっあっ、出してっ……あたしの中に、んっ♥　いっぱい、あぁっ！」

「う……ああ……イク、ミク……全部……中に出すぞ！」

「うん、きて……きてっ、英夫の、全部……全部、あたしにちょうだい。中に、欲しいのっ！」

俺の腰に回された足に力がこもる。一つに融け合うような快感の中、俺達は互いに感じ、感じさせ合いながら、絶頂へと向かう。

「んはぁっ♥　あっ、イクッ！　ん、はぁっ♥　英夫、ん、あぁ、んはぁっ♥」

「く、ミク………‼」

一つに融け合うような深い繋がりの中、俺は――彼女の中に、全ての精を放っていった。

「ふあっ！　あ、ああああああああああああああああああっ‼」

背中を弓なりにし、のけぞりながら、ミクが長く甘い声をあげる。

刺激が全身を駆けめぐっているのか、おまんこだけでなく、ビクビクと体のあちらこちらが痙攣している。

「は、はっ♥　あ、ひ……あ、あああぁ……♥」

無意識にか、それとも生理的な反応か、ミクのおまんこがうねり、チンポを擦りあげる。

「あ、ああっ！　ミク……！」

目の前が真っ白に染まるような快感を受け、俺は再び、ミクのおまんこへと、さらに熱く射精する。

「んくううっ⁉　んぁ♥　また、出て……あっ⁉　は、ひい、いくっ、あっ♥　あっ♥　んくうぁぁあああああああああああああっ‼」

絶頂直後に、再び達したのだろう。

ミクは目尻からポロポロと涙をこぼしながら、喉を震わせて絶頂の喘ぎ声をあげた。

「ん、はあ……久しぶりだからって、ちょっと激しすぎ……気持ち良かったけど」

「ええと……悪かった」

「いいけどね。英夫に愛されてるーって感じがしたし♪」

ちゅっと、頬にキスしてくる。

「毎日、好きって言って、キスして……いっぱい、エッチしよ」

「ああ……と言いたいけれど、仕事が繁忙期のときは、エッチの回数が減るかも」

「じゃあ、その分、手を繋いだり、ぎゅっと抱きしめたり、一緒に寝てくれる？」

「もちろん。俺が頼みたいくらいだよ」

「本当、忙しいときは大変そうだったもんね……」

「まあな、年に2、3回のアレがなければ良い会社なんだけどな……」

「でも、そのおかげであたしは英夫と会えたんだから、良かったんだよ」

「そうだな」

——雨の降っていたあの日、彼女と出会ったのはただの偶然だ。

その後、部屋に彼女が転がり込んできたときは、面倒なことになったと思った。

けれど、いつの間にか一緒にいることが当たり前になっていた。傍にいてほしいと願うようになっていた。

「……ね、明日、晴れたらデートしよっか？」

「いいな。ミクはどこか行きたいところはあるか？」

「英夫と一緒ならどこでもいいかなー」

「じゃあ、雨が降ったら？」

「そのときは、お家デートにすればいいよ。食べ物を買い込んで、ふたりで映画を見たり、ゲームをしたりしながらゴロゴロ過ごすの」

「それはそれで楽しそうだな」

「でしょ？　あ、もちろん、エッチなこともたくさんしようね♪」

ミクが一緒なら、きっと雨が降っても、晴れても、楽しく過ごすことができるだろう。

あとがき

こんにちは。成田ハーレム王と申します。

今回はおじさん主人公です。仕事ばかりだった生活に、若い女の子が入り込むだけで、こんなに幸せになるなんて！　そんな願望を詰め込みましたが、現実にだって間違いなく桃色な毎日になるはずです。一回り以上も若いというのは、驚異的なことなのですから。側に居るだけでドキドキを抑えられる自信はありません。そして爆乳。これも最高です。

それでは謝辞に移らせていただきたいと思います。

担当編集様、今回も様々なことでお世話になりました。ありがとうございます。

挿絵を担当してくださった「みこ」様、ありがとうございます。未来がほんとうに良い子に見えるのも、この素晴らしいデザインのお陰です。やわらかオッパイにも感謝です！

そして、作品を読んで応援してくださる読者の皆様。私がこうして書き続けられるのも皆様の応援あってこそです。これからも感張りますので、よろしくお願いいたします。

２０２１年８月　成田ハーレム王

ぷちぱら文庫 Creative

拾《ひろ》われ爆乳《ばくにゅう》ギャルとおじさん
～手《て》を出《だ》すつもりはなかったのに誘惑《ゆうわく》されたら我慢《がまん》できない！～

2021年 10月15日　初版第1刷 発行

■著　　者　成田ハーレム王
■イラスト　みこ

発行人：久保田裕
発行元：株式会社パラダイム
〒166-0004
東京都杉並区阿佐谷南1-36-4
三幸ビル4A
TEL 03-5306-6921
印刷所：中央精版印刷株式会社

PPC274

ぷちぱら文庫
Creative 200
著：愛内なの　画：みこ
定価：本体730円（税別）
好きなことだけ…
デキる毎日だから！
いっぱい…しようね♥
貴族の末っ子に生まれたので
スローライフしていたら
いつの間にか
成り上がり!?
異世界転生で貴族の末っ子となったテオフィロ。魔法と現代知識による便利アイテム作りを楽しみながら、穏やかに暮らしていた。乳母の娘で甘々お姉ちゃんなロザンナや、護衛の美少女ダフネとのイチャラブな毎日にも満足している。そんなのんびりした日々に、突然の縁談が舞い込んだ。王国の美しき末姫ルアーナに惚れられていたらしく、ハーレムな新婚生活が始まって!?

▼シリーズ既刊作品▼

陰キャ（実は最強）と生徒会長（実はエロい）の欲望ラブコメ
ぷちぱら文庫
Creative 258
著：愛内なの　画：100円ロッカー
定価：本体810円（税別）
幼いころからの特訓で、陰キャでありながら最強の力も持つ幸弘。そんなことは隠したままで、えっちな彼女と学園生活を送りたいとは思っていたが、未だ相手には恵まれていなかった。しかし、生徒会長・文乃に秘密を知られたことで、彼女からの告白を受ける。自分のエロさを持てあましていた文乃の処女を貰ったその日から、彼女に押されっぱなしのエロ生活が始まって!?
夢を叶える理想の彼女
俺よりエロえろすぎでした♥

マスク女子、とっても♥エロい。
大人しい生徒会長の正体を知ったら搾り取られました!?
隠されたそこ！俺だけ見ちゃったら♥
誰もがマスクを着けて暮らし、唇を見せることは恥ずかしい世の中。偶然から学園でも一番の美少女·礼香の艶やかな唇を見てしまい、興奮を抑えられなくなった亮介は、思わず自慰に励んでしまう。しかし礼香から呼びだされてみると、それは秘密の共有へのお誘いだった。仮の恋人として監視すると言いつつ、なぜか積極的になる礼香に迫られ、様々な体験をしてしまい…。
ぷちぱら文庫
Creative 269
著：愛内なの　画：鎖ノム
定価：本体810円（税別）

純情可憐な清瀬さんは
濃厚セックスにハマってる
俺が教えてから
すっかりエッチに
なりました
人気の美少女・清瀬文美。図書委員である彼女は、男嫌いとのウワサだったが、話しみるとどうやら異性が苦手なだけのようだった。偶然から彼女に惚れられ、告白を受けた望は、思いがけずエッチな関係になってしまう。尽くすタイプなのか、いつでも積極的な文美。図書室でのふたりきりのエロ行為でレベルアップしていくと、いつのまにやら彼女のほうが求めるように…。
ぷちぱら文庫
Creative 273
著：愛内なの 画：あにぃ
定価：本体810円（税別）